新装版

若の恋

取次屋栄《えい》三《ざ》③

岡本さとる

祥伝社文庫

目次

日暮里
道灌山
根津権現
上野山
神田明神
神田川
入谷
浅草奥山
浅草寺
浅茅ヶ原
聖天町
今戸
木母寺
向島
森下
竹町の渡し
吾妻橋
蔵前
本所石原町
柳橋
回向院
羅漢寺
薬研堀
隅田川
八丁堀
南町奉行所
永代橋
佐賀町
深川
熊井町
永代寺
三十三間堂
洲崎
浄心寺
木場
十万坪
北
西
東
南

新装版

若の恋

取次屋栄三《えいざ》③

岡本さとる

祥伝社文庫

「若の恋」の舞台

京橋界隈
居酒屋「そめじ」
弾正橋
中ノ橋
石川島
佃島
白魚橋
京橋
中ノ橋
比丘尼橋
船松町
水谷町
栄三郎の「手習い道場」
紀伊国橋
木挽町三丁目
唐辛子屋「たけや」
新シ橋
木挽橋
西本願寺
江戸城
溜池
愛宕山
増上寺
麻布
芝森元町
品川

地図作成／三潮社

第一話

辻斬り

一

菊の花が咲き始めた、ある夜のことである。

「もう酒はいらねえ……。うん、いらねえ。呑《の》めったって呑めやしねえ……。わたしは帰らせてもらいますからね……」

などと、赤坂溜池《あかさかためいけ》の端を、すっかり酩酊《めいてい》した男がただ一人で歩いている。

「本当にもう、酒は結構でやすから……」

だから誰も勧めていない。

酔っ払いというもの――いつまでたっても、頭の中では酒宴が続くらしい。

千鳥足がすっかり〝よれよれ〟の域に入っているこの男は、筆職人の彦造《ひこぞう》である。

京橋《きょうばし》からほど近い、水谷《みずたに》町の〝善兵衛《ぜんべえ》長屋〟の住人で、その表通りにある〝手習い道場〟に息子の竹造《たけぞう》を通わせ、自分はここで町の者相手に剣術を教える手習い師匠・秋月栄三郎《あきづきえいざぶろう》に、やっとうの手ほどきを受けているあの男だ。

今日、彦造は、九州肥後《ひご》は人吉《ひとよし》の大名、相良《さがら》家の中屋敷へ菊見に出かけた。

彦造の父・松造《まつぞう》は、日本橋通《にほんばしとおり》三丁目に〝引馬《ひくま》屋〟という筆店を営んでいて、相良家に筆を納めていることから、彦造もまた、菊見の招きの栄に与《あず》かったというわけだ。

菊の造花は宝暦《ほうれき》の頃から盛んとなった。

水戸《みと》徳川家の家来・安積澹泊《あさかたんぱく》がその栽培法を、考案したと言われる。ちなみに、この安積澹泊は、〝水戸黄門《こうもん》漫遊記〟に登場する〝格《かく》さん〟として名高い。

相良家中屋敷の家老が、得意満面に花壇の前で、このような謂《いわ》れを招待客に解説したが、今の彦造の頭の中では、

「これはまた、結構な御酒でございますねえ……」

という調子で、何杯も頂いた振舞酒の味さえ朧《おぼろ》げなものとなっている。

父・松造と、兄の隆造《りゅうぞう》と共に、大名屋敷の中で神妙に畏《かしこ》まっていた彦造であったが、ここで筆職人仲間と顔を合わせ、振舞酒に火がついて屋敷を出た後、数人で赤坂田町《たまち》の居酒屋に繰り出した。

そこで随分と盛り上がったことは覚えているが、どこをどうして一人で溜池端を歩いているのかはわからない。

まあ、酔っ払いの行動など大抵このようなもので、それを知ったからといっ

て、どうということはない。

とにかく彦造は、すっかり酒に呑まれ、一人で帰り道を、巣に戻る動物の習性によって辿《たど》っているのである。

「どうもいけねえ、足の野郎が、言うことを聞きやがらねえ。何だと……ちいっとばかり休ませてもらいたいだと……。仕方がねえ足だ……」

彦造は、暗闇の中で小さな地蔵堂を見つけて、その裏によりかかって腰を下ろした——。

その後、ふと気がついた時には、夜もすっかり更《ふ》けていた。そのまま寝込んでしまったようである。

酔った勢いで勇気百倍、夜の溜池端の気味悪さも何のその、鼻歌の一つも発しながらここまで歩いて来た彦造であったが、少し酔いも醒《さ》めてきた今、桐畑《きりばたけ》の闇に一人埋れている我が身が、何やらとんでもないことをしでかしたように思われた。不安と後悔、家で怒り狂っているであろう女房への恐怖とで、胸が張り裂けそうになっていた。

「どういうわけでおれは一人なんだよ……」

とにかく、溜池端を抜け芝口《しばぐち》の方に急ごうと立ち上がると、西の方《かた》遠くに提《ちょう》灯《ちん》の明かりが見えた。

その明かりは彦造の方へやって来る。

――こいつはいい道連れが出来たぜ。

明かりに浮かぶその様子では、あちらも一杯飲んだ帰りの職人風である。

ほっと一息ついて、彦造が身にまとわりついた草や落葉を払っていると、突如として、提灯の主は、

「ひ、ひエッ！」

と、悲鳴をあげて走り出した。

提灯の明かりはみるみるこっちに迫って来る。

ただならぬ切迫した様子に、思わず彦造は、地蔵堂に体を隠してそっと覗《のぞ》き見ると――。

明かりの向こうに、提灯の主を追う三人の怪しき人影が浮かんだ。

――つ、辻斬《つじぎ》りだ。

彦造は足がすくみ、ぴたりと地蔵堂に身を寄せた。

咄嗟《とっさ》のことで気が動転したのであろう。

提灯の主は、まず提灯を捨てて走ればよいものを、突然の如《ごと》く道の脇から姿を

現した曲者《くせもの》に驚き、そのまま駆け出したと見える。

「うむッ！」

彦造の十間《けん》ほど向こうの闇で、唸《うな》るような掛け声が聞こえたかと思うと、〝ビュッ〟と白刃が三度煌《きら》めき、その都度、斬撃の鈍《にぶ》い音がした。

提灯の主は、

「ギャッ……」

という叫び声も発し終わらぬうちに、提灯を投げ出し、〝どうッ〟とその場に倒れた。

「まことによく斬れる刀じゃ……」

「斬り手がよいのでござりましょう」

「ほんに腕を上げられた……」

燃えあがる提灯の明かりに、辻斬りの成果を確かめる三人の侍の面体《めんてい》が明らかになった。

若い一人は、いずれかの旗本の子弟で、あとの二人は、その供侍《ともざむらい》と屈強の浪人と見られた。

不埒《ふらち》にも試し斬りに興奮する若殿を、取り巻き二人が誉《ほ》めそやしている恰好《かっこう》である。

三人は、長居は無用とやがて頷《うなず》き合い、今来た道を駆け足でとって返した。

――こいつは大変だ。

地蔵堂の向こうで、彦造が呟《つぶや》いた。

あまりのことに、ただ息を殺し、辻斬りの三人を遣り過ごした彦造――それでも若殿と思《おぼ》しき侍の顔は、地蔵堂の陰からしっかりと見てとった。

燃えあがる提灯はすぐに燃え尽き、血の海の中に横たわる亡骸《なきがら》を、夜の闇が暗黒の中に封じ込めた。

すっかり酔いも醒めてしまった彦造は、少しの間その場で思案に耽《ふけ》った後、無念の表情で走り去った。

二

「よし、今日はこれまでだ……」

秋月栄三郎が、子供達への手習い教授の後、町の大人達に剣術を教える、ここ〝手習い道場〟――その日は、五人が汗を流していた。

栄三郎の〝乾分《こぶん》〟であり、内職の取次屋の番頭であり、剣術においては門人・雨森又平《あまもりまたへい》を気取る、又平。裏の善兵衛長屋の住人である、大工の安五郎《やすごろう》、留吉《とめきち》、左官の長次《ちょうじ》。そして、この道場の地主である田辺屋宗右衛門《たなべやそうえもん》の末娘・お咲《さき》であった。


天性の剣才を持ち合わせているお咲の向上は止《とど》まるところを知らず、それを横目に、男どもも負けてはいられないと、近頃は稽古に気合が入っている。

この日は、木太刀による型の稽古と素振りに終始した。

――よしよし、皆、なかなか様になってきた。だが励み過ぎるのも怪我《けが》のもとだ。

栄三郎は、一刻ばかりで稽古を切り上げたのである。

道場の外はすっかり暗くなってきた。

又平が四方へ明かりを灯《とも》していると、南町同心・前原弥十郎《まえはらやじゅうろう》が見廻《みまわ》りの途中だと、道場を訪れた。

「よう……やってるじゃねえか」

ほっと一息をついて汗を拭《ぬぐ》い、和気藹々《わきあいあい》とした愛すべき門人達の顔に、たちまち困惑の色が浮かんだ。

前原弥十郎——悪い男ではないのだ。勤め熱心であるし、人への思いやりもある。この手習い道場の良き理解者、頼もしい応援者であろうと思ってもいる。それはわかるのだが、学問、剣術に対する薀蓄《うんちく》をやたらとひけらかすところが、彼らにはまったく、野暮でうっとうしいのである。

弥十郎の方は、親しみを込めているつもり、良かれと思って助言を与えているつもりであるようだし、何と言っても廻り方同心であるだけに邪険にもできない。

それゆえに、なおさら性質《たち》が悪い——。

「これは旦那……。お勤め御苦労さまでございます……」

栄三郎以下、ひきつったような愛想笑いを浮かべる。

「安五郎も留吉も、左手の構えが下に行き過ぎだな。へ、その前に上げな。留吉は、腰が引けているじゃねえか、子供に見られたら笑われるぞ。いいか、子供ってもんはな……」

「旦那、御注意はありがてえが、御見廻りの方はいいんですかい」

薀蓄は御免だとばかり、又平が口を挟んだ。

「そうですよ。二十日ほど前でしたっけ、青山《あおやま》辺りに辻斬りが出たって聞きましたが、ありゃあいってえどうなったんですか」

ここぞと、栄三郎が続けた。

「辻斬り……？」

弥十郎はその言葉に何やら思い当たったようで、役人らしく威儀《いぎ》を正した。

「そうだ、そのことを言おうと思っていたんだ」

「まさか、また、出たのですか」

お咲が整った眉をひそめた。

「そのまさかだ。赤坂の溜池の桐畑で、昨夜、酒に酔った職人がバッサリとやられちまった。懐は荒らされていねえようだから、こいつは試し斬りのようだな」

「罪咎《つみとが》のねえ者を……。まったくひでえや……」

安五郎が嘆息《たんそく》した。

「そりゃあそうだが……。こうやって、木太刀でばかり稽古をしていると、人を斬ってみたくなったりするんだろうなア……」

そう言って留吉が腕組みするのへ、

「馬鹿野郎、生意気なことをほざくんじゃねえや。いいか、くれぐれも酒に酔った勢いで、人気《ひとけ》のねえ所を一人で歩くんじゃねえぞ。栄三《えいざ》先生よう、剣術を教えるのもいいが、その前にこいつらには、いざって時、どうやって逃げりゃあいいか教えてやるんだな」

「そいつはよくわかりましたが、前原の旦那、その下手人は捕まったんですかい」

栄三郎に切り返されて、口ごもり、

「そいつは……。これから引っ括《くく》ってやるところよ」

と、弥十郎は言い捨てて、表に待たせていた小者を従え、夜の見廻りに向かった。

早々に弥十郎が出て行ったので、道場の六人はふっと頰笑《ほほえ》みあった。そして、

「酒に酔った勢いで、人気のねえ所を歩くな、か……」

「こいつはいいや」

「彦造に言って聞かしてやってもらいてえもんだ」

安五郎、留吉、長次は、口々に言って笑い出した。

「そう言えば、今日は彦造さんの姿が見えませんが……」

お咲は、裏の長屋では一番剣術好きである彦造が来ていないことを訝《いぶか》しんだ。

「まだ酒が抜けてねえんじゃねえのかな……」

留吉は、酔っ払って道端で寝てしまい、朝方に帰って来て、夫婦喧嘩《げんか》のあげくフラフラとどこかへ出かけて行った、彦造の様子をおもしろおかしく話し始めた。

「まあ、夫婦喧嘩と言ったって、今朝は嬶《かか》ァにやられっ放しだったけどよう」

「ほう、そいつはよほど、酔っていたんだね」

日頃は気に入らないことがあると、女房のおこうに怒鳴り散らす彦造を思い、又平は失笑した。

「辻斬りに遭わなかっただけでもよかったってもんだ……」

「いや、明日は我が身だぜ」

長屋の三人は、彦造を笑い話の種に、しばらく賑《にぎ》やかに話すと、道場から去っていった。

「彦造さん、何やら心配ですね……」

長屋の三人とは対照的に、お咲は父・宗右衛門が娘のためにと設《しつら》えてくれた道場二階の拵《こしら》え場で、稽古着から薄紅色の振袖に着替えると、栄三郎の前で黒目がちな瞳を曇らせた。

長屋の三人は、よくある酔っ払いの一件と笑ったが、何度となく道場で共に稽古に励み、彦造の人となりを垣間見《かいま》たお咲には何か引っかかるのだ。

「後で長屋を覗いてやるよ。なに、心配はいらぬ」

栄三郎は、お咲にそう答えつつ、自分自身も彦造に対して、同じ引っかかりを覚えていて、この美しい門人の豊かな洞察力に満足を覚えていた。

武芸にしろ、〝芸〟を修める者には、気の回りの敏なることが求められる。

お咲の剣術の上達は、きっとこういうところにあるのであろうと栄三郎は思った。

そして、栄三郎とお咲の心配は、この時点でまさに的を射ていたのである。

すっかりと日も暮れ、道場には人影もなくなり、今日は六畳の居間で、又平と湯豆腐で一杯やって、茶漬を掻《か》き込んで夕餉《ゆうげ》を終えた栄三郎を、計ったかのように彦造が訪ねて来た。

「おう、彦造、何をしていやがったんだ。この酔っ払いが」

青ざめた彦造の表情を認めつつ、栄三郎はことさらに明るく迎えてやった。

「先生……」

緊張の糸がほぐれたか、彦造は泣きそうになって土間に立ちすくんだ。

「ひょっとしてお前、おれに何か、いい取次の仕事を持って来てくれたんじゃねえのかい」

「へ、へい……。いい仕事かどうかわかりやせんが……」

「もったいつけるんじゃねえよ。早く上がって話を聞かせておくれ。おう又平、お客人に酒だ」

「いえ、今日はもう飲めやせん……」

彦造の顔に笑いが戻った——。

それから彦造は、昨夜の恐ろしい出来事を、栄三郎と又平の前で残らず打ち明けた。

「そんなら彦さん、あの溜池端の辻斬りの一部始終を見ていたのかい」

又平は驚きの声をあげて、

「さっき前原の旦那が来たが、手がかりは摑《つか》めていねえ様子だったぜ。どうして役人に黙っていたんだい」

と、彦造にたたみかけた。

「又平、まず話を聞きな」

栄三郎は又平を黙らせると、

「その辻斬り野郎に見覚えがあったんじゃねえのかい」

と、彦造に穏やかな目を向けた。

「その通りで……」

彦造は力無く頷いた。

「誰だったんだい」

「へい、麻布《あざぶ》の御旗本・小野十太夫《おのじゅうだゆう》様の若様で……」

「ほう……」

小野十太夫は麻布長坂《ながさか》に屋敷を構える、千石取りの旗本である。

生来、性温厚で、書院番組頭を務めていたが、先年職を辞し、還暦を迎えた今、妻女の琴江《ことえ》と仲睦《むつま》じく暮らしている。

彦造の父・松造は、かつて小野家で下働きをしていて、同じく下女であったよねと所帯を持った折、十太夫の計らいで、屋敷を出て竜土町《りゅうどちょう》に筆店を出すことになった。

その後も、十太夫、琴江に見守られ、松造、よね夫婦は、店を日本橋に移し、使用人を数人養うまでのものにした。

この間、隆造、彦造と、二人の男子に恵まれ、隆造は店を継ぐことになり、次男の彦造は、あれこれ悪さをやらかして周囲を心配させたものの、今では筆職人となり、店に納める〝書筆〟もなかなか評判が良く、一家はまことに幸せな日々を過ごしてきたのである。

「これもみな、小野のお殿様のお蔭《かげ》……」

足を向けて寝てはならないと、彦造は幼い頃から言い聞かされてきたものだ。筆店の屋号〝引馬屋〟というのも、小野家の出自である遠江《とおとうみ》の地名に由来するもので、小野家とは今でも深い付き合いをしているのだ。

「何かというと、おれみてえな者まで御屋敷に呼んで下さいましてね。そりゃあお優しいお殿様で……」

しみじみと彦造が言った。

「それほどの御人《おひと》の息子が辻斬りなどやらかすとはどうも解《げ》せねえな」

「そこなんですよ、先生……」

十太夫と琴江には男子が無く、娘・帰蝶《きちょう》の嫁ぎ先から養子を迎えるつもりでいたのだが、小野家の事情を見て取った、若年寄・堀田丹波守《ほったたんばのかみ》が、親切ごかしに己《おの》が三男の平馬《へいま》を養子に勧めてきた。

堀田丹波守の妻女は、十太夫の遠縁にあたり、満更関《まんざら》わりが無いことはない。

若年寄という職は、小野家が代々務めてきた、書院番組頭の上役である。

半ば強引に縁組を迫る丹波守には抗《あらが》えず、昨年より平馬を養子として迎えたのだという。

松造は新たに小野家の嫡男となった平馬への拝謁を許され、彦造もそれについて行ったことがあった。

その時のことを彦造は、はっきりと覚えている。

大恩ある小野様の御世継と、庭先から恭《うやうや》しく、二人の息子を従えて平伏した松造を、平馬は他の出入り商人と同じく、

「大儀……」

と、たった一言、面倒そうにあしらい、一瞥《いちべつ》もくれず奥へと引っ込んでしまった。

――何て野郎だ。

彦造も、次男坊の気安さから、若い頃はグレたこともあったが、親兄弟の知り合いに嫌な思いなどさせたことはなかった。

もう少し、人としての愛想があったと思っている。

馬鹿養子の顔をさっと窺《うかが》い見ると――色白で、ぽってりと頬の肉は垂れ下がり、目も耳も鼻も造りが大きいが締まりがない。妙に赤い唇は滑々《ぬめぬめ》として半開き

のままだ。

「その間抜け面が、提灯の明かりで見えたのだな」

「へい。あれはまさしく、小野様の馬鹿息子に違いありやせん……」

昨夜、闇に浮かびあがった、あのおぞましい顔を思い出して、彦造は激しい嫌悪に身震いをした。

供の一人にも見覚えがあった。これは恐らく、生家である堀田家から遣《つか》わされた付け人であろう。

「そのもう一人の浪人は、返り討ちにあわぬよう雇った用心棒だな」

栄三郎はさらに推察した。

「そうか、それで彦さんは、役人に何も言えなかったのか……」

又平は腕組みをして嘆息した。

「わかってくれるかい」

「頭の悪いおれにだって察しはつくよ。すぐにでもその馬鹿息子に罪をつぐなわせてやりてえところだが、そうなりゃあ、恩ある小野様の御家はお取り潰しになるかもしれねえ……」

「いや、言いつけたところで、その若年寄てえのが、揉《も》み消しに出て来るに違えねえや。そうすりゃあ彦造、お前の身も危ねえことになったかもしれぬ。まずおれに相談したのはいい分別だったな」

　彦造は大きく頷いた。

「あれこれ考えて、昼間に親父《おやじ》と兄貴を店に訪ねて、このことを打ち明けたところ、先生のような人に相談するのが何よりだということになりましてね」

「かみさんにはまだ……？」

「話しておりやせん」

「それもいい分別だ。女てえのは、手前に都合の悪いことは黙っているが、他人のことは、ここだけの話にしておくれ……などと言って、喋《しゃべ》りたがるもんだ」

　三人の男は、首をすくめてふっと笑い合った。

　少し気持ちが落ち着いた様子の彦造は、懐から半紙に包んだ金子《きんす》を取り出し、栄三郎の前に置いた。

「とりあえず親父から、十両預かって参りやした。足りねえ分は、また相談をさせて頂きますから、何とかこれで、小野様の御家が御安泰のまま、馬鹿に辻斬りをやめさせるよう、どこかへうまく取り次いでやって下さいませんか……」

「わかったよ」

栄三郎は金子を押し戴《いただ》き、

「少しばかり厄介《やっかい》な仕事だが、虫ケラのように人を殺しておもしろがっているような野郎は見過ごしにできねえ。あれこれかかりも要るだろうが、これだけありゃあ何とかなるさ」

と、十両を懐に入れた。

「ありがてえ……」

彦造はしっかりと頭を下げた。

「礼はいらねえ。これも仕事だ。そいつが済んだらこのことは又平と二人、きれいさっぱり忘れちまうから、まずお前も、昨夜のことは酔って悪い夢を見た……。そう思うことだ」

栄三郎はにっこりと頰笑んだ。

又平は危険がつきまとうであろう今度の仕事に、逸《はや》る心を落ち着けようと窓を小さく開けて、外の風を部屋へ入れた。

表通りを、町の衆が夜回りするのが見える。

今頃は同心の弥十郎――ぶつぶつと文句を言いながら、あてどもなく見廻っているのであろうか。

——あの旦那も気の毒なことだ。

栄三郎はそんなことを考えながら気を引き締めた。

秋の夜長とはいうが、江戸の町に夜吹く風は随分と冷たくなってきた。

三

翌日——。

栄三郎は手習いを終えると、小石川《こいしかわ》へと出かけた。

片町《かたまち》に、道場を構える竹山国蔵《たけやまくにぞう》という剣客を訪ねるためである。

国蔵は馬庭念流《まにわねん》の遣い手で、栄三郎の師・岸裏伝兵衛《きしうらでんべえ》は、その風格ある剣風と篤実《とくじつ》なる人柄を慕って、剣術論を伺いに竹山道場へよく足を運んだものだ。

それ故、何度もその供をした栄三郎も、国蔵には剣の手ほどきを受けていた。

小石川片町の周辺には、大名、旗本の屋敷が甍《いらか》を争い、竹山国蔵は幾つもの家から出稽古を請《こ》われ、剣術指南の的確さが評判を呼んだ。

噂《うわさ》を聞きつけ、今では方々の武家屋敷から声が掛かるのであるが、その中に麻布の小野十太夫の屋敷も含まれていた。

剣術好きの彦造は、父の代から出入りしている小野家の剣術指南が気になったのであろう。それが竹山国蔵であることを知っていて、栄三郎にその名を告げたのであった。

日本橋を北へ、筋違《すじかい》御門を抜け西方へ行くと神田《かんだ》明神があり、そこから湯島《ゆしま》の通りを北へ少し歩いた所に、国蔵の道場はある。

方々から〝木遣《きやり》歌〟が聞こえてくる。

もうすぐ江戸三大祭の一つに数えられる、神田祭が始まる。何とはなしにじっとして居られない、勇み肌の若い衆が稽古をしているのであろう。

月見がすめば菊見となり、神田祭が終わると紅葉が色づく。そうして今年も慌《あわただ》しい年の瀬を迎えるのであろう。

――月日が経《た》つのは早いものだ。

そんな感慨に耽りながら、道場に着くと、

「おぬしも変わらぬのう……」

と、栄三郎は国蔵の歓待を受けた。

「それは喜んでよろしいのでしょうか」

三十半ばの栄三郎には、まだ年齢に人格がついていけてないのではないかという不安がつきまとう。

「なに、人によってはからかいの言葉となるが、おぬしにとっては誉め言葉じゃ。〝柳緑花紅《りゅうりょくかこう》〟と言うべきものかのう」

国蔵はそう言って笑った。

目尻も口の端も、まことに良い工合に下を向き、ふくよかな顔をさらに親しみ深いものにする。

猛稽古によって身につく〝凄《すご》み〟を、竹山国蔵は、五十半ばにして〝善美の徳〟に醸成《じょうせい》した感がある。小柄で丸みを帯びた体は、常日頃は人に親しみを覚えさせ、いったん剣をとると軍神のような威を放つ。

「歳を重ねれば、竹山先生のようになりたいものじゃ」

かつて、よく師の岸裏伝兵衛が、そう口にしていたことを、今さらながら栄三郎は思い出した。

「とにかく、良いところに来てくれた。ちょうど書見にも飽いて、話し相手がおらぬかと思うていての。それが世情に詳しいおぬしとは格別じゃ」

今日は早々に道場での稽古をすませて、一人、書見にいそしんでいた国蔵であった。

方々に出稽古に行くと、何か〝気の利いた話〟のひとつも屋敷の主人に致さねばならず、その種を探すための読書は、大いに必要なのである。国蔵は栄三郎を書院に招き入れてくれた。

「それはお訪ねした甲斐《かい》があったというものにて……」

時に、竹山国蔵先生とお話し致さねば、何やら落ち着かぬ心地がすると、栄三郎は前置きした上で、

「方々に出稽古に行かれますと、なかなかに気苦労も多うございましょうな」

と、切り出した。

「町の者相手に指南していると以前聞いたが、いよいよ精を出して出稽古などしてみる気になったかな」

「いえ、いえ、私などの腕では、武家屋敷で指南など到底できませぬ」

「何の、おぬしの腕なら大事ない。近頃の侍どもとくれば、昔と比べて随分と質が落ちておる。こうなればな、剣術指南には教え方の巧みさこそが求められるというものじゃ」

「なるほど……」

栄三郎は大仰《おおぎょう》に感じ入って、

「とは申しましても、中にはどうしようもないような馬鹿息子もおりましょう。叩《たた》き伏せてやりとうても、屋敷の主の嫡男となればなかなかそれも出来ず……。腹の虫がうずいてならぬのではございませぬか」

と、問いかけてみた。

「それはおぬしの申す通りじゃ。ろくでもない跡継ぎ息子を見させられると、この先世の中はどうなっていくのかと、つくづく嫌になる」

国蔵は嘆息して、門人に運ばせた茶を啜《すす》った。

「左様でございますか……」

栄三郎は、さもあろうと自らも出された茶を口にして、小野十太夫の息《そく》・平馬のことをそれとなく尋ねてみた。

「小野平馬とな……。おぬしはあ奴《やつ》のことを見知っているのか」

たちまち温厚な国蔵の表情に〝険〟がたった。

「ああ、いえ、小野様も下らぬ御養子を押しつけられたものよ……。そういう噂を小耳に挟みまして」

「あれはいかぬ。どうしようもない……」

人の悪口は滅多《めった》と口にせぬ竹山国蔵であったが、平馬のことは散々にこきおろした。

「何よりも剣術に対する想いが真《まこと》に不埒《ふらち》じゃ。厳しい稽古はしとうないが、恰好よう人は斬ってみたい。役者にでもなればよい。いや、あの勘では、芸と名のつくものは何ひとつ出来まいが……」

「それは困りましたな。当主の十太夫様は、なかなかの人物とお聞きしておりますが」

「それゆえ堪《たま》らぬ。何かというと某《それがし》に、平馬が至らぬようで申し訳ないと頭を下げられてのう……」

国蔵の話によると、若様には天賦《てんぷ》の才があると、堀田家より遣わされた付け人の藤野燐介《ふじのりんすけ》なる腰巾着《こしぎんちやく》が、平馬の慢心を煽《あお》っているそうだ。

型の稽古を、それが肌身に染みこみ自然と体の動きに溶け込むまで、何度も何度も地道に続けることを旨とする国蔵の指南に、このような馬鹿息子がついていけるはずもなかった。

「先生は、肝心の人を斬る技を教えてくれぬ。斯様《かよう》な子供の稽古に出たとて詮方《せんかた》無いではないか……」

などと言って、近頃では屋敷内での稽古には出て来なくなったという。

「まあ、出て来なくて幸いじゃが、世間からあ奴の師と呼ばれるのも癪《しゃく》にさわる。それゆえ、今は出稽古には行かずにおるのじゃ」

国蔵は、やれやれという顔で言った。

「請われるがまま、どこへでも出稽古になど行ってもよいものではない」

「して、その、小野平馬の腕の方は……」

「おぬしなら、目を瞑《つむ》っていてもたちどころに勝てるであろうよ」

それしきの腕らしい。

その後、栄三郎はさらりと話題を、近頃流行の読み物や、浮世絵、俗謡まで広げて、話好きにして好奇心旺盛なる剣客を大いに喜ばせた後、道場を辞去した。

京橋の方に戻って来た頃には、すっかりと夜になっていた。

北詰の橋の袂《たもと》から、居酒屋〝そめじ〟の掛行灯《かけあんどん》の灯がぼんやりと見えた。

小体《こてい》の店を一人で切り盛りしているお染《そめ》には、昨夜のうちから頼んでいたことがある。

栄三郎は暖簾《のれん》を潜《くぐ》った——。

「小野平馬っていう馬鹿のことは、辰巳《たつみ》（深川《ふかがわ》）でも結構評判のようだよ」

「さすがは、辰巳で鳴らした〝染次《そめじ》〟姐《ねえ》さんだ。もう噂が耳に入ったか」

「昼間に店閉めて、辰巳に聞き込みに行ってやったのさ」

「恩に着るぜ。店を閉めた分はおれが払わせてもらうからよう」

「いいよ、ちょうど顔を出さなきゃあ義理の悪い所があったからさ」

店には、栄三郎の他に数人の客が居て、お染はその注文を受けつつ、小上がりの定席で、里芋の煮物で一杯やる栄三郎に、小野平馬についての噂をあれこれ聞かせてくれた。

昨日、彦造が話したところによると、小野平馬は付け人を連れて、頻繁に深川に出かけているという。

深川となれば、かつて売れっ子芸者染次として知られたお染に聞かぬ手はない。

その日のうちに、栄三郎は〝そめじ〟に飲みに出かけて、小野十太夫という旗本の屋敷へ出稽古の話が来ているが、平馬というどうしようもない馬鹿息子が居て、深川で遊び呆《ほう》けているという。どんな奴か調べてみてはくれないかと頼んだのだ。

お染は、男勝りとはいえ、そこは女のきめ細かい心尽しで、早速噂を仕入れてきてくれたのである。

お染を姉貴分と慕う、辰巳芸者・竹八《たけはち》の話によると、小野平馬が供を従えて深川通いをしていることは事実で、芸者を捉えては己が武勇伝を自慢しているらしい。

「まあ、おれくらいになると、暗闇でいきなり何者かに襲われたとしても、何のことはない。こう、腰を屈《かが》めて一太刀に倒してやる」

などと腰の扇で、身振り手振りで語るのだそうな。

「それが染次姐さん……」

竹八は、今でもお染を芸者の頃の名で呼ぶ。

「その恰好が悪いったらありゃしない……」

花街《かがい》で女達にもてようと、己が自慢話をする男は多い。だが、辰巳で二、三年も芸者をすれば、その自慢が法螺《ほら》か真実かすぐに察しがつく。

竹八は、名剣士と呼ばれる男達の御座敷に何度も呼ばれた芸妓《げいぎ》である。

「これが大法螺《おおぼら》だったら可愛気《かわいげ》があるんだけどさ、真顔で言うから性質《たち》が悪いよ。それは大したものですわねえ……なんて言ってやらないと機嫌《きげん》が悪くなるし、もうあの太った鯰《なまず》みたいな奴の御座敷は御免だよ」

と、とにかく手厳しい。

「そいつは堪らないねえ。わっちだったら、頭からお酒をぶっかけているよ」

聞いてお染も顔をしかめたものだ。

何の取り得も無い客だって、どこか誉め所を探してやろうとするのが芸者の心意気だ。それを己の方から誉めてくれとは片腹痛い。

お染はそう思うのだ。

竹八が何よりも嫌だったのは、それを横から誉めそやす腰巾着の存在もさることながら、色白の太った鯰男が、人を斬った手応えをわかったように語ることだ。

「剣を極めれば人の一人や二人斬ることは、避けられぬことよ……。なんて、吐《ぬ》かしていたけど、あんな奴、鰯《いわし》の頭だって落とせないに決まっているよ」

その時はさすがに腰巾着も、いささか酔われたようだと平馬を宥《なだ》めたそうだが、あまりの酒席での野暮さ加減に、芸者衆から総好かんを喰《く》ったそうだ。

お染から竹八との話を聞いて、栄三郎の眉がぴくりと動いた。

――剣術を志す者の面汚しだ。

栄三郎も人を斬ったことはある。

だがそれは、生かしておいては人の難儀となる者ばかりであったと、言い切れる。

それでも――人を殺せばそれだけ己が身に〝念〟が重しとなって纏《まと》わるものだと思い、朝な夕なに手を合わすことを欠かさないでいる。

剣友・松田新兵衛《まつだしんべえ》などは、さらに、剣術修行の過程で罪咎も無い者を、立合で殺《あや》めてしまったことがあり、それゆえに己が身を厳しく律し、常々清めているのだ。

険しい表情となった栄三郎を見て、

「余計な口を挟むようだけど、そんな馬鹿の居る所に、出稽古なんかに行くことはないと思うけどねえ」

お染はそう言って、栄三郎に酒を注《つ》いだ。

日頃は栄三郎に遠慮のない口を利くお染だが、栄三郎にとっての生き様に触れるような話が出た時は、言葉にしっとりとした情が出る。

男勝りを売りにする女を栄三郎は何人も見てきたが、どれも勝気で乱暴に振舞えば男が珍しがってくれるという計算が見えて、何やらつまらない。

そこへいくと、お染は男の感情の機微を、男の目線で察し、その瞬間に嫋《たお》やかな女となることが出来る。決して男になろうとはせずに、女の身で男の心をわかろうとするところが栄三郎にとって、何よりも付き合いやすいのである。

今も、栄三郎をくだらない奴に関わらせたくないという想いが伝わってくる。

「まったくお前の言う通りだ。そんな馬鹿息子がいる屋敷へ出向くのは真っ平御免だ。やはりお染に相談した甲斐があったな」

「まあ、栄三さんはいいお得意さまだからねえ……」

栄三郎はお染を持ち上げ、照れ笑いを浮かべさせておいて、

「だがな、話を持って来てくれた人の手前もある。とにかくこの目でどんな野郎か確かめておきたい。竹八っていうお前の妹分に頼んで、ちょいと段取ってもらえねえか」

と、持ちかけた。

「そりゃあいいけど、わざわざ会うほどの男でもないだろうに」

「お前の話を聞いていると、平馬って野郎がどれほど馬鹿か見てみたくなるじゃねえか」

「ふふふ、栄三さんは本当に物好きだねえ……」

お染は今日もまた胸を叩いてくれた。

だが、さすがのお染も、妹分の竹八が、

「鰯の頭も落とせない……」

と評した小野平馬が、辻斬りに夢中になっているとは露知《つゆし》らぬ。

日頃から、何かというとお染の情報に頼ってはいるが、危ないことに巻きこみたくはない。

その配慮は常に欠かさぬ栄三郎であった。

もちろん、辰巳の名妓とうたわれたお染である。栄三郎が自分に言わない何かを肌で感じているかもしれないが、男の配慮を無にしてはならぬと、それ以上は立ち入らない。

お染はそういう女である。

それゆえにこの二人、惚《ほ》れたはれたにならぬのか……。

四

「何じゃ、竹八ではないか。お前を呼んだ覚えはないぞ」

ねっとりとからみつくような言葉を、若侍は放った。

座敷の廊下には、小股が切れ上がった芸者が一人、畏まっている。居酒屋〝そめじ〟の女将・お染を〝染次姐さん〟と慕う、竹八の艶姿《あですがた》である。

「おや、これは若様におかれましては、随分とお憤《むずか》りのようで」

「何を言う。己の胸に聞くがよいわ」

「はて、何も応えちゃあくれませんが……」

竹八は、小首を傾《かし》げて己が胸に耳を近付けて見せ、ニコリと笑った。

お染の妹分を気取るだけのことはある。

男名前で気風が売り物の辰巳芸者の心意気の向こうに、爽《さわ》やかな色香と愛嬌《あいきよう》が見え隠れする。

「こ奴めぬけぬけと……。このおれが呼んでやっていると申すに。何だかんだと理由をつけて、お前は座敷に姿を見せなんだではないか」

怒る若侍の口許《くちもと》が、竹八の笑みにつられてたちまち綻《ほころ》んできた。そうして、

「若様ほどの御方が、そんなことで怒っちゃあいけませんよ。この竹八は芸者の身。あちこちお声をかけて下されば、体はひとつで思うにまかせず、今まで辛《つろ》うございました」

芝居がかって頭を下げる竹八の様子に、

「はッ、はッ、ますます吐かしよる……」

ついには笑い出すのであった。

若様と呼ばれているこの侍は、旗本・小野十太夫の養子・平馬である。

今宵《こよい》、永代寺門前《えいたいじもんぜん》町の〝やすい〟という料理茶屋に、いつもの供を一人従え現れたと聞きつけ、竹八は平馬をその座敷に訪ねた。

もちろん、〝色白の太った鯰男〟とお染に称した平馬の許《もと》に、売れっ子の竹八が、わざわざ芸者衣裳《いしょう》に身を包んで出向くはずはない。

すべては姉貴分であるお染からの頼まれ事であった。

「まあ、何でもよいから、ここへ来て酌《しゃく》をせい」

と、座敷へ手招く平馬に、是非、引き合わせたい人が居る。会ってやってほしいと、竹八は姿よく平馬に両の手を軽く合わせ、拝んで見せた。これもすべてはお染の意を受けてのことであった。

「引き合わせたい者が居るだと……」

「それが、わっちときたら、つい、若様の噂話をしてしまいましてね」

「ほう、おれの噂話をのう……」

元より、自慢話が生き甲斐のような平馬である。竹八のような芸者が、他所《よそ》で自分の噂話をしていると聞けば悪い気はしない。

「困った奴じゃ。して、どのような話を、誰にしたのじゃ」

と、たるんだ眼尻の肉をさらに下げた。薄ら笑いを浮かべた唇は、一段と赤くぬらぬらと光って見えた。

――染次姐さんも嫌なことを頼んでくれたよ。

吐き気を催しつつ、竹八は、平馬がかなりの剣の遣い手であることを、たまたま席に着いた剣客に話したところ、あの、小野十太夫様の御子息が、それほどの剣士とは思わなかった、是非お目にかかって剣術談議など交わすことが叶《かな》えば身の誉《ほま》れ。どうか取りなして貰《もら》いたい。そのように頼みこまれたと、経緯《いきさつ》を語った。

「剣術談議のう……」

平馬はもったいをつけた。技と同じで、剣術の理《ことわり》などまったくもってわかっていない男である。少し腰が引けた。

竹八は後に引かぬ。

「どうかわっちの顔を立てておくんなさいまし」

「うむ、まあ、そうじゃのう……」

「若様ならきっとお引き受け下さると思って、隣の座敷までお連れしているのですよ」

「なんじゃと……。お前はほんに仕方のない奴よ。まあよい、連れて参れ」

芸者にここまで言われて断るのも気が引けた。座敷には、竹八の他にも数人芸者が侍《はべ》っている。己の恥になるようなことはまずあってはなるまい。

平馬はこれを許した。

「これでわっちの顔も立った……。若様、まことにありがとうございます」

喜び勇んで、竹八は一人の剣客と、その門人風の男を連れて来た。

「初めて御意を得まする……」

剣客は門人を従え、恭《うやうや》しく畏まって、いかにも拝謁の栄に興奮していると言わんばかりに声を震わせた。

「某は気楽《きらく》流・岸裏伝兵衛の門人にて、秋月栄三郎と申しまする。これに控えしは、我が門人・雨森又平。いや、竹八からお噂を聞き、一度、剣についての御高談をうかがいたいものよと思うていたところでござったが、願いが叶い嬉しゅうございまする」

先日、栄三郎がお染に頼んだのはこのことであった。

「平馬という男がどれだけ馬鹿なのかこの目で見てみたいっていう、物好きな旦那がいてさ……」

あれから早速、お染は竹八にそう持ちかけてくれたのであった。

「左様であったか、まずこれへ。一献差し上げよう……」

人当たりのよい栄三郎の挨拶《あいさつ》に、これしきの男ならば適当にあしらい、女達の前で恰好をつけてやろうという思いが、平馬の中でふつふつと湧き出た。

——なるほど、嫌な野郎だ。

色白でどこもかしこも締まりがない、平馬の面相を見て、栄三郎は、この馬鹿を辻斬りの張本人だと言えずにいる彦造の苦悩を、改めて思い知った。

平馬がどういう思いで自分を迎えているかは、手に取るようにわかる。

——まあ、今日はいい気持ちにさせてやるさ。

一献差し上げようと言われて、栄三郎は、

「ありがたき幸せに存じまする」

と、威儀を正し、にこやかに竹八を横目に見た。

己のことをどれだけ馬鹿か確かめに来た男に、一献差し上げようとは、やはり馬鹿だ——。

栄三郎の目がそう語っていることを、瞬時に察した竹八は、

「先生、よかったですねえ……」

と、ケラケラと笑った。

悪戯《いたずら》好きで、茶化し好きの染次姐さんが、いかにも好きそうな旦那だと竹八は思った。

大嫌いな客の座敷に付き合わせてしまったのである。

栄三郎の方は、よく気が回る、お染の妹分を今宵存分に楽しませてやろうと思っていた。

日頃、栄三郎に付き添う又平は、もちろん栄三郎の意図を解して、自然と笑みがこぼれる。

「何やら平馬様、今宵は楽しゅうなりそうにござりまするな……」

三人の笑顔を見てとって、平馬の傍《そば》で供侍が間延びした声をあげた。

――こいつが堀田家から付いて来たという、藤野燐介とかいう野郎だな。

栄三郎にはすぐに知れた。

平馬の実父・堀田丹波守も、養子にやる息子を憐《あわ》れんだか、甘やかしたか、付けてはいけない男を遣わしたものだ。

藤野は己が主君を人がどう思っているかを察しようとはせず、今主君が何を望んでいるか、そればかりに気がはしる、まさに腰巾着という呼び名に相応《ふさわ》しい男だと栄三郎には見てとれた。

——己が主の辻斬りを止めようともせず、一緒になって町の者を襲うような奴だ。

推《お》して知るべし、であった。

とにかく——栄三郎は、又平と共に平馬の剣術への考察を聞くことにした。

すべては、平馬が彦造の思い違いではなく、まさしく辻斬りの張本人なのかを自分の目で確かめるため。また、そうであったとして、いかにしてこの馬鹿息子に凶行をやめさせるべきか考える一助になればよいとの思いからであった。

取次屋にはそういう心掛けが必要だと、栄三郎は思っている。

「聞くところによると、平馬殿は暗闇でいきなり何者かに襲われたとて、いかほどのこともないとか。その極意を拝聴したいものでござりまするな」

名乗り合い、一通りの盃《さかずき》のやり取りが済むと、栄三郎は平馬に問うた。

「極意というて、大したものでもないが、まず、武士たるものは酒に呑まれることなく、辺りの様子に絶えず気を配ることじゃ」

平馬はごく当たり前のことをしたり顔で話した。

「いかにも。又平、よく覚えておくがよい」

「しかとこの胸に……」

栄三郎と又平は、ありふれた話に大仰《おおぎょう》に感じ入る。

その様子がおかしくて、竹八は笑いをこらえている。

平馬は調子に乗って、立ち上がり、

「そうして気配を覚えたら、腰を屈めて遮二無二《しゃにむに》、こう突きを入れる！」

と、扇をかざして突きのこなし――途端、平馬は酒の酔いに足がもつれ、その場に尻もちをついた。

――あほじゃ。己が酒に呑まれてけつかる。

大坂の野鍛治《かじ》の倅《せがれ》である栄三郎、思わず上方《かみがた》言葉で呟いた。それでも笑いを堪《こら》え、

「うむ、そうして尻をつき、敵の一刀をかわすのでござるな」

と、再び又平と二人、大仰に感じ入る。

笑いを堪える竹八の鼻の穴が大きく膨らんだ。

平馬はその言葉を助け舟とも思わずに、

「左様、命のやり取りじゃ。少しぐらい不様な姿となるのもやむをえぬ……」

と、真顔で応えた。横で藤野が大きく頷いた。

竹八を始め、芸者衆は感心したように下を向きつつ、笑い声を唸り声に変えている。

この若様の馬鹿さ加減は、もう充分にわかった。付き合ってくれた竹八を楽しませることも出来たようだ。

栄三郎は本題に入った。

「技まで御披露下さり忝《かたじけ》のうござりまする。まあ、泰平の世にあって、暗闇からいきなり襲いかかる辻斬りの如き者などあってはなりませぬが……」

「うむ……」

己の悪行を心が咎めたか、一瞬、平馬の顔に動揺がはしった。

「だが秋月殿、泰平に現《うつつ》を抜かしていては侍は間抜けになるばかりじゃ。この世には刀というものがあり、気をつけねば斬られることもある。それを知らしめる何者かが居たとて、某《それがし》は構わぬと思うがのう」

それでも、平馬は己が行動を否定することなく嘯《うそぶ》いた。横で藤野は何も言わぬ。

──間抜けはお前だ。

その言葉を呑みこんで、

「この世に刀というものは確かにござりまするが、刀は鞘《さや》に納まっておらねばなりますまい」

と、栄三郎は問いかけた。

「刀は人を斬るために生まれてきたのじゃ。時にこれを鞘から解き放ち、振るうてやるのも侍の務めじゃ」

「人を斬るのが侍の務めと……」

「そうは申さぬが、おぬし、人を斬ったことは……？」

「ござらぬ……」

あったとして、軽々しく口にすることではない。栄三郎は口を噤《つぐ》んだ。

平馬はたちまち、勝ち誇ったような満面の笑みを浮かべた。

「それはだらしがないのう。剣客たる者が、人を斬ったことが無いでは、話にならぬ。せめて骸《むくろ》の試し斬りでもするがよかろう」

見下げたように笑う平馬を見ながら、栄三郎の心の内に〝ある決心〟が固まった。

先ほどまで、笑いを殺していた竹八たち芸者の衆も、すっかり白けてしまい、場を繕《つくろ》うように慌しく酌を始めた。

「平馬殿は、戦国乱世にお生まれなされば、一軍の将と成られたでありましょうに……」

栄三郎は、ひとまず平馬をそう言って喜ばせると、自分の傍へ寄って銚子《ちょうし》の柄を持つ竹八の細い指先に、

「今宵はすまなかったな。おれの酔狂《すいきょう》につき合わせて」

と、呟くように言った。

五

栄三郎が、お染の妹分・竹八の口利きで、小野平馬の酒席を訪ねてから三日が経った。

その日も夕刻を待たずに、平馬は付け人の藤野燐介を伴い、麻布長坂の屋敷を抜け出て、深川に姿を現していた。

さすがにまだ日が暮れていないうちから花街をうろつくのもためらわれ、主従

は先ほどから三十三間堂《さんじゆうさんげんどう》の境内《けいだい》で刻《とき》を潰している。

「父上も、三男坊のおれに、養子の口をあてがわれてくれたはよいが、どうも小野の家は堅苦しゅうていかぬ」

　武芸、学問もほどほどに、連日のように屋敷を抜け出しては遊び呆ける平馬を、当主の十太夫は、事あるごとに諭《さと》した。生《な》さぬ仲とはいえ、親子の縁となった上は小野家千石の跡取り息子である。十太夫としては当たり前のことであるのだが、

「おれが養子に入ることで、若年寄を務める堀田家が後盾になるのじゃぞ、うるそう言われる覚えはないわ」

　と、平馬の方では口に出さねど心の内で思っている様子がありありと表に出る。

「まあまあ、平馬様も、まだ慣れぬ御家で当惑されることも多々ござりましょう」

　付け人の藤野は、いつも養父と平馬との間に、このように割って入り、ふくれっ面《つら》の平馬を、御気分を変えられてはいかがと外に連れ出すばかりである。

「少しの御辛抱で、千石が若様の懐に転がりこみましょう。それまではこうして

うさをお晴らしになられたらようございます」

このようなとんでもないことを、ぬけぬけと平馬に囁《ささや》く家来まで引き受けさせられて、まことに小野十太夫も災難としか言う他はない。

「うさ晴らしと申せば、燐介、今度はいつやる……」

葭簀《よしず》張りの茶屋の床几《しょうぎ》に腰を下ろし、平馬は左手に持った大刀を少しかざして見せた。

「若様、いささか時が早うございまするぞ」

藤野が人目を憚《はばか》り、諌《いさ》めるように言った。

「なに、所を変えれば大事あるまい」

「いえいえ、このところ、町方が随分と精を出して見廻っているようにござれば、今しばし御辛抱のほどを……」

「辛抱、辛抱と、お前もおもしろうないことを申すのう」

茶を飲むのも億劫《おっくう》になったか、平馬は溜息《ためいき》混じりに再び立ち上がって、

「もう辛抱は御免だ。茶屋へ参るぞ……」

と、木戸へ向かって歩き出した。

「この次は、腕の一つとばしてみたいものじゃ。武士たる者、いざという時、切

腹の介錯《かいしゃく》くらいできねばのう」

一刀のもとに首をはねられねば恥ずかしいという平馬に、さすがの腰巾着藤野も、苦笑いを浮かべるしかなかった。

この平馬という男は、自分に斬られて死ぬ者の哀れなど、まったく意に介さぬらしい。

侍で人の上に立つ者は、生まれながらにして生殺与奪の権を持つものだと思いこんでいるようである。

辻斬りの悦楽にすっかり陥った平馬は、藤野に諫められつつ、次の決行を何時《いつ》にするか、そればかりを考えながら木戸を出た。

その時である。

主従の前にいきなり、大兵《だいひょう》の侍が巌《いわお》の如く立ち塞がって、平馬と藤野をじっと見つめた。

「な、何者じゃ。いきなり人の眼前にずけずけと、無礼であろう……」

猛鳥のごとき鋭い目を向けられて、すっかり気圧《けお》されつつも、藤野が前へと出た。しかし、剣を携え、厳然たる物腰の侍の登場に、日頃の大言はどこへやら、平馬は落ち着きなく目を瞬《またた》かせて沈黙している。

所詮は町人一人を三人で不意討ちに斬るだけの男である、恐がるのも無理はない。この大兵の侍は、松田新兵衛——栄三郎の剣友で、気楽流・岸裏伝兵衛門下にあって、抜群の剣技を修めた仁王《におう》のごとき剣客なのである。

「やはりそうじゃ……」

新兵衛はやっと口を開いた。

「七日ほど前の夜、赤坂溜池端を貴公らは歩いておらなんだか」

その日は、まさしく平馬達が辻斬りの凶行に及んだ時である。

「何の話じゃ、若様も某も溜池の端など行ったこともない」

藤野は白《しら》を切った。

「いや、確かに貴公らだ。あの日はさらに、某と同じような形《なり》をした、浪人らしき男がもう一人居たはずだが……」

「人違いじゃ……」

この剣客風の男は、我らのことを見ている——否定しつつ藤野に戦慄《せんりつ》がはしった。

平馬は渇《かわ》ききった喉に、ゴクリと唾《つば》を飲みこんで、呆然《ぼうぜん》と成り行きを見守っている。

「あの夜、某は溜池の端で、何やら意気込んでいる貴公らを通りがかりに見たのだ。すると、その翌朝、池の端で辻斬りに遭い、ズタズタに斬られた亡骸が見つかったと……」

「慮外者《りよがいもの》めが……！　この御方は由緒正しき御家柄の若様であらせられるぞ。それを辻斬り呼ばわり致すか。事と次第によってはただではすまさぬぞ……」

藤野は小野家の名は出さなかったが、ここは威に訴えるしかないと叱りつけた。

「そう気色《けしき》ばむこともござるまい……」

新兵衛は厳しい顔を緩めて、宥《なだ》めるように両手を開いて前へ出した。

「何も貴公らが辻斬りを働いたとは申しておらぬ。斬られた男は某の知り合いにて、あの日のことを尋ねてみたかっただけのこと。人違いと申されるならば致しかたない。御無礼仕《つかまつ》った……」

新兵衛は、軽く頭を下げると、意外やあっさりとその場を立ち去った。

平馬と藤野は、突然のことに気を呑まれ、見送るしかなかった。

するとこの主従の姿を見かけた一人の剣客風が三十三間堂の木戸の内より現れて、声をかけた。

「今の侍がどうか致しましたかな……」

「これは先だっての……、確か、秋月殿……」

平馬が声の主を見て唸った。

納戸《なんど》色の袖無しを羽織った剣客は栄三郎であった。

「遠目に窺いまするに、何やら険しい顔をなされていたような」

「ああ、大事ござらぬ。何やらあの侍、人違いをしたようじゃ」

「秋月先生は、あの侍を御存じで……」

藤野が、人混みに紛れ行く、松田新兵衛の後姿を見て、栄三郎に問うた。人違いということで立ち去りはしたが、今の侍は明らかに辻斬りの夜、平馬達が溜池の端をうろついていた様子を見ていたようだ。このままにしておけるものではない。

「あれは、松川新蔵《まつかわしんぞう》という変わり者でござってな。深川は羅漢《らかん》寺の裏手の田圃《たんぼ》に、使われなくなった作小屋があって、そこにただ一人で住みついているとか……」

栄三郎は、松川新蔵とは昔、学問所で共に学んだ間であるが、性格が偏屈で人との諍《いさか》いが絶えず、今はその作小屋に籠ってしまっていると伝えた。

「左様でござったか……」

平馬と藤野は、栄三郎の話を聞くと、意味あり気に頷きあった。

「何もなければようござるが……。あの男は余計な口を利くゆえ、御用心を。いや、それにしても、これに出会うとはほんに奇遇でござりましたな」

栄三郎はのんびりとした笑みを向けた。

藤野は少し畏まって、

「このような折、一献お誘いせねばならぬのは若様も重々御承知ではござるが、生憎《あいにく》この先ちっと用がござりましてな、我らはこれにて……」

と、栄三郎の前から逃げるように、平馬を促《うなが》して歩き出した。

それを見送る栄三郎に、今度は植木職人にその身を変じた又平が、そっとにじり寄って来て頷くと、平馬と藤野の後をつけて、洲崎《すさき》の海浜に続く道へとたちまち姿を消した。

「松川新蔵か……」

栄三郎はふっと笑った。

剣友・松田新兵衛が、名を変え、栄三郎の〝取次〟に協力してくれたのは真に心強かった。

――まずはうまくいった。

栄三郎の仕掛けは、佳境に入ろうとしていた。

又平が、京橋水谷町の手習い道場に戻って来た時は、随分と夜も更けていた。

植木職人の姿となった又平は、あれから人波に紛れて、小野平馬と藤野燐介の行方を追った。

又平が栄三郎に話したところによると、二人は取り乱した様子で、洲崎弁天社の境内にある茶屋へ入り、離れの席を借りて話しこんだという。

又平は、栄三郎の許に転がり込むまでは渡り中間《ちゆうげん》をしていたのだが、その前は孤児で軽業《かるわざ》一座に拾われて育ったという男である、植木職姿で庭に入りこみ、身に備わった軽業で大樹に上ってしまえば、間抜け主従の内緒話など容易に盗み聞くことができる。

「二人とも、うろたえておりやしたよ」

「辻斬りの夜、姿を見られていたと……」

「へい、長屋の彦さんが、見間違えてなかったってことは、これではっきりしましたぜ」

「奴らは松川新蔵を始末するつもりだな」

「へい。斬ってしまおうと話はまとまり、それから、二人して青山の方へ出かけました……」

二人は、久保《くぼ》町の料理茶屋の二階に起居する、浪人・沢村紳太郎《さわむらしんたろう》を訪ねた。

「彦造が見た、浪人風の男ってのは、そいつだな」

「その通りで……」

沢村は上州《じょうしゅう》浪人で、〝法神流《ほうしん》〟を修め江戸へ剣術修行に来たと言うが、定かではない。

料理茶屋の用心棒を務める傍ら、その腕っ節を買われ、方々のやくざ者の喧嘩に助っ人として赴く不逞《ふてい》浪人である。侍の出かどうかも疑わしい。

小野平馬の実父・堀田丹波守の屋敷内の中間部屋に開帳されていた賭場《どば》に、出入りしていたところ、藤野燐介と知り合い、町場で遊ぶ折に平馬が起こす騒動を収める役目を担《にな》っていた。

平馬が人を斬ってみたいと思っていることを知り、辻斬りを勧めたのは、この沢村であった。

大罪を共有することによって、若年寄の息《そく》である小野平馬の弱みを握り、誼《よしみ》を通ずることで、この先己が身を立ててやろうと目論《もくろ》んでいるのだ。

沢村にとって、このような不測の事態が起こるのは願ってもないことである。

「その、松川新蔵なる者の居所は知れているのでござろう。あれこれ助太刀を集めずとも某一人で手が足りるというもの……」

人数を集めると人目につく上に、何者かが秘密を漏らす恐れもそれだけ高くなるものだと、沢村は言うのだ。

「某が露払いを致しましょうゆえ、若君はそ奴に止《とど》めをさしておやりなされませ」

この言葉に、辻斬りの深みにはまる平馬の心が大きく動いた。

今までに二回、辻斬りで刀を振るったが、相手はいずれも酒に酔った町人であった。刀を帯した武士を斬ってこそ、己が剣術の誉れとなる――。

「よし、あ奴を討ち果たしてやろう……」

つい先ほど、新兵衛に呼び止められ、緊張に声も出なかった男が、屈強の助太刀を得るとたちまちこれである。藤野が窘《たしな》めた。

「しかし、相手が果たしていつも一人で居るのか。もしや相当腕が立つのか。それを確かめぬと、逃げられては元も子もありませぬぞ」

一度、本当に羅漢寺裏手の作小屋に住んでいるのか調べてはどうかと投げかけた。

大言を吐いたが、内心その恐れを抱いていた沢村は、藤野殿もなかなか慎重な御方よ……などと笑いつつ、この策に従ったという。

「そうかい、それで物見に出る日はいつになった」

「明日の晩、出かけるそうで」

「新兵衛にもう一芝居、うってもらわねえといけねえな」

「芝居がかったことが大嫌えの新兵衛先生には、お気の毒なことで……」

「いや、奴はそれが兵法と思えば、何のてらいもなくやってのける男だよ」

「なるほど……」

大きく頷く又平に、栄三郎は労《ねぎら》いの目を向けた。

「御苦労だったな。連中の話を聞くのは骨が折れただろう。何と言っても相手には凄腕の浪人が居たのだからな」

「大したことありやせんよ。連中が籠っていた、小座敷の外の植込みから盗み聞くのに、ひとつも危ねえことはなかった……。なに、沢村紳太郎なんて、どれほどの者でもねえってことで」

「いや、お前の腕が上がったのさ」

栄三郎は少しからかうような笑みを投げかけた。

又平の少し尻下がりの目が、笑顔の中で糸のようになった。

時折は、心にもないことを言って人をのせる栄三郎であるが、又平には、この栄三郎の笑顔がこたえられない。この御人にからかうように誉めてほしくて、つい張り切ってしまう自分が、又平自身いとおしくなるから不思議だ。

「明日、ひとっ走り、新兵衛に文を、な」

文机《ふづくえ》に向かう栄三郎に、

「合点承知……!」

又平は、再び大きく頷いた——。

六

見渡す限りに、田園の風景が広がっている。稲刈りの済んだ田圃の所々に、青い芽が吹き出していた。

向こうには、羅漢寺に聳《そび》える高楼が厳《おごそ》かな姿を現し、その屋根の上、遥《はる》かな青空を悠然と鳶《とび》が飛んでいる。

秋の朝の爽やかな風は、明媚《めいび》なる景色を楽しむ松田新兵衛を心地良く包んでいた。

「このような暮らしも良いものだな……」

畑の端に建つ粗末な作小屋の表に、今、新兵衛は佇《たたず》んでいる。

〝松川新蔵〟を演じ、小野平馬と、その付け人・藤野燐介に三十三間堂で声をかけてよりこの方、新兵衛はこの作小屋に住みついている。

すべては、剣友・秋月栄三郎からの依頼を受けてのことである。

日頃、栄三郎の取次屋稼業を、武士にそぐわぬことと、快く思っていない新兵衛であるが、彦造の苦衷《くちゆう》、小野平馬の傲岸《ごうがん》にして無慈悲な行いを聞かされるに及んで、義憤にかられ協力を申し出たのである。

人が住まなくなって一年がたつ、この作小屋は相当傷んでいるが、少し手を入れ、修行のつもりで暮らせばこれも悪くなかった。

「良い稽古となった……」

とさえ、新兵衛は思っている。

朝粥《かゆ》を炊き、鍛錬《たんれん》の後、羅漢寺寄りに少し歩いた所にある地蔵に参るのが、新兵衛が自らに課したここでの決まり事である。

朝餉《あさげ》を済まし、野を駆け、木太刀で存分に素振りも済ませた。後は地蔵に参るだけと、新兵衛は小屋を離れた。

地蔵には近辺の百姓が手向《たむ》けたのであろう、野菊が供《そな》えられている。新兵衛はそれに自分が摘んだものをさらに供え、ゆっくりと手を合わせた。

人を斬り、なおも生かされている我が身の因果を清めるために――。

祈り終えると、新兵衛は、地蔵の裏側に繁る草叢《くさむら》の中に目をやった。地蔵に参るのは他にも意味があったのだ。果たしてそこには小さな風呂敷包みが草の中に隠されてあった。

「又平の奴、早や来たか……」

包みの中には、竹の皮に包まれた握り飯が入っている。又平がそっと差し入れたもので、何時《いっ》食べてもよいように味噌を塗って焼いてあった。

「あ奴はほんに気が利く……」

新兵衛は、武骨な顔を綻《ほころ》ばせると、二重になった竹の皮の一つをめくった。そこには油紙に覆われた文が挿し込んであった。

新兵衛はそれを一読すると、小さく笑った後、細かくちぎって宙に放った。ひらひらと紙吹雪は空を舞い、やがて散り散りとなり何処《いずこ》へともなく消え去った。

その夜のこと――。

作小屋には仄《ほの》かな明かりが灯っていた。

薄暗い中では新兵衛が、書見をしている。だが、その研ぎすまされた新兵衛の五感は表に漂う殺気に向けられていた。

作小屋の裏手は細い畦道《あぜみち》となっていて、その道端には大きな欅《けやき》の木が数本連なっている。

その木陰に、小野平馬、藤野燐介、件《くだん》の浪人・沢村紳太郎が息を潜ませていた。

「秋月が言った通り、あの侍は、そこの小屋で暮らしているようじゃのう」

平馬が暗闇の中で囁くように言った。

「いかにも、一人で居ることも間違いはござりませぬな」

横で藤野が相槌をうった。

「まず、松川新蔵がどれほどの腕か、確かめてみましょう」

沢村は下草に身を伏せ、小屋に近寄ると、石塊《いしくれ》をひとつ、ひょいと投げつけた。

石塊は小屋の外壁に当たり、静寂な夜の野にカラコロと音を響かせた。

途端、小屋の内から、

「な、何者じゃ……！」

と、慌てふためいて大刀を手にした〝松川新蔵〟がとび出してきた。

腰は引け、見るからに恐れおののく様子は、まことに滑稽《こっけい》であった。

〝松川新蔵〟は、落ち着きなく辺りをきょろきょろと見廻すと、何事もない様子に、

「狸《たぬき》でも通り過ぎたか……」

そう、己に言い聞かせるようにして、再び小屋の内へと入った。

平馬、藤野、沢村は、欅の下で声を殺して笑い合った。

「まったく、見かけ倒しとはこのことよのう」

平馬が呟いた。

「今宵はまずこれにて退散致しましょう」

藤野はなおも慎重であったが、

「いや、明日は一人とは限らぬ。今宵、片をつけてしまうのじゃ」

「某は、若様の仰せに従うまでじゃ。何、大事ござらぬ。斯様《かよう》な時こそ、武士の心得が出るというもの。あの、松川新蔵なる者の、腰の引けようときたら、今思い出しても腹がよじれる……」

沢村は平馬をたきつけた。

かねて、手はずを調《ととの》えていたのか、話は決まったと三人は頷き合い、やがて、藤野が提灯に火を点《つ》け、塗笠《ぬりがさ》を目深に被ると、小屋へさして歩き出した。

この間、平馬と沢村は袴《はかま》の股立《ももだち》をとり、刀の鯉口《こいぐち》を切った。

「もうし、松川新蔵殿はおいでか……」

小屋の表で、藤野が案内を乞うた。

「ど、どなたでござるか……」

中から怯《おび》えたような声が返って来た。

藤野はニヤリとして、

「以前、学問所で御一緒致した、秋月栄三郎でござる……」

と、あろうことか栄三郎の名を騙《かた》った。

「秋月栄三郎……。おお、これはお懐かしい……」

小屋の内から〝松川新蔵〟が脇差を帯びただけの姿で出て来た。

そして、笠の内の藤野の顔を覗きこもうとした刹那《せつな》、

「うむ……？」

「死ね……！」

と藤野が抜き打ちに襲いかかった。

「な、何をする……！」

〝松川新蔵〟は、辛《から》くもその一刀をかわし、小屋を後に逃げ出した。

「お、おのれ……」

見かけ倒しと思っていた相手が、意外や逃げ足が速いのに面喰らい、藤野はたたらを踏んだ。

辻斬りの〝獲物〟が逃げたのを見るや、沢村は平馬を伴い、〝松川新蔵〟が逃げる方へ回り込んだ。

〝獲物〟は畦道を抜け、息を切らして、羅漢寺へ続く往還へと走っている。

幸い、辺りに人影は見当たらぬ。争闘に慣れた沢村紳太郎は夜目を利かせ、往還の手前に立ち塞がり、抜刀すると〝獲物〟が来るのを待った。

平馬はその傍で同じく抜刀した。

やがて、走り来た〝獲物〟は、沢村と平馬の姿に気付き、慌てて踵《きびす》を返した

が、背後からは藤野が走り来て、こちらも道は塞がれた。

「若様、いよいよですな……」

沢村が平馬に、ニヤリと笑い、平馬が目に残忍な光を放った、その時であった。

背後にいる藤野の横合の繁みから、いきなり一人の侍が現れたかと思うと、俄《にわか》のことに一瞬立ちすくんだ藤野を、右手に構えた小太刀ですれ違いざま逆胴に斬った。

秋月栄三郎、暗闇での見事なる小太刀の一刀である。

藤野はどうッとその場に崩れ落ちた。

その時、栄三郎が左手に持っていた大刀は、すでに平馬たちが獲物と狙う男の方へと投げつけられていた。

これをしかと受けとめた瞬間、〝松川新蔵〟は、豪剣を謳《うた》われた、松田新兵衛へと戻った。

「うむ！」

それでも沢村は、おのれ小癪なと、ぐっと右足を踏みこませ、渾身《こんしん》の一撃を真っ向から新兵衛に叩きつけた。

喧嘩自慢だけのことはある。その強い一振りは常の者なら受け止め切れず、体を二つに裂かれたやも知れぬ。

だが、新兵衛の剣技はそれをはるかに上回っていた。

松田新兵衛の手に渡った大刀は、たちまち鞘を離れ、沢村渾身の一撃を苦もなく下からはね上げて、返す刀で右から袈裟《けさ》に沢村の体を、

「えいッ!」

と斬り裂いていた。

見かけ倒しだと思った男が、これほどまでの腕の持ち主だとは思いもよらず、あまりの手練に棒立ちになる平馬——その腹を、新兵衛が放つ二の太刀が刺し貫いた。

平馬の弛《たる》みきった顔は、一瞬のうちに我が身に起きた出来事が信じられぬというように、醜く引きつり、引き抜かれた刀身の弾みで、前へ二、三歩よろめき地面に倒れ伏した。

「旦那……」

暗闇から又平が現れて、栄三郎の差料を受け取り、替えの大小を差し出した。

あっという間に三人を斬り伏せた、栄三郎と新兵衛に感動と興奮を覚えたか、

その手はぶるぶると震えていた。

「又平、頼んだぜ……」

栄三郎はいつもの穏やかな口調で、又平の肩をポンと叩いた。

又平は大きく息を吸って、ひとつ畏まると、刀を菰《こも》に巻き、これを手に脱兎《だっと》の如くその場から駆け去った。

夜の闇はなお深い――。

栄三郎と新兵衛は、互いの顔を探りつつ、力強く頷き合った。

七

「て、ことは何かい。この浪人が辻斬り野郎で、この二人を襲ったところ、相討ちに倒れたっていうのかい……」

南町同心・前原弥十郎は、眠たげに目をこすりながら言った。

三体の亡骸を前に、神妙に頷いているのは、秋月栄三郎と松田新兵衛であった。

「そのように思われますねえ。我らが駆けつけた時は三人とも倒れていて、この小野平馬殿が、辻斬りに遭ったと。なあ、新兵衛」

「いかにも、一太刀を浴びせたが無念と言ってこと切れたのでござる」

「ふうん……」

弥十郎はあまり寝ていないらしく、不機嫌に辺りを見廻した。

羅漢寺の北、亀戸《かめいど》村の往還から田圃の畦道に入った所に、三人の侍が倒れているという報せに起こされ、まだ明けきらぬこの地にやって来た弥十郎であった。

来てみると、通報したのが他ならぬ栄三郎と新兵衛――この地で修行に入った新兵衛を訪ねてやって来たところ、深夜、人の争う声が聞こえ駆けつけてみればこのような仕儀になっていたと栄三郎は言う。

「近頃、深川で遊び歩いている旗本の馬鹿息子がいると聞いていたが、こいつがその小野平馬か」

「いかにも、一度、会ったことがありましてね。こんな所でまた会うとは……」

栄三郎は、竹山国蔵からその噂を聞き、どのような男か気になり、深川で共に飲んだことがあると言った。

「噂に違《たが》わぬ馬鹿だったが、剣術好きなのは確かで、こ奴を倒したのはなかなか大したものでしたねえ……」

「ああ、大したものだ。袈裟に一太刀……。まさかお前達が斬ったんじゃねえだろうな」

「疑いがあるなら、我らの差料《さしりょう》を改めて頂こう」

新兵衛がきっぱりと言った。

威風漂うこの男の一言は、弥十郎に二の句を継げさせない重みがある。

「言ってみただけだよ。恐い顔をするなよ、仁王の先生よう」

弥十郎はいつもの憎まれ口で切り返すと、倒れている沢村紳太郎を見て、

「この浪人、見覚えがあるぜ、確か方々で用心棒をやりながら、あれこれ悪さをしてやがった野郎だ。なるほど、こいつが辻斬りの正体と言われりゃあ頷けらあ……」

と、顔を強張《こわば》らせた。

「いずれにせよ旦那、これで辻斬りの一件も片がついたようでよかったですねえ」

栄三郎の引きこまれるような笑顔に、弥十郎は少したじろぎつつ、

「何を言ってやがんでえ、朝っぱらから何もおれを呼び出すことはねえだろう」

相変わらず弥十郎はかわいくないことを言う。

「日頃の誼《よしみ》でわざわざ旦那を呼んだんですよ。ありがてえと思ってもらわねえと……」

「何がありがてえんだ」

「小野平馬ってのは、千石取りの若様で、若年寄を務める堀田様の御子息とか」

「だからこの先、あれこれと面倒なんじゃねえか」

「この浪人が小野平馬を襲ったのは、本当のところ辻斬りではなくて、何かのいざこざが元かも知れない。出来の悪い息子のことを、お殿様方はそう思われるに違いありませんよ」

「そりゃあそうだ……」

「だが、馬鹿息子でも、最後に見事、辻斬りを退治して果てたと世間に知られりゃあ、少しは救われるってもんでしょう」

「おれにそのように処理しろというのか」

「わたしは確かに、小野平馬殿が、辻斬りにあったと今わの際に言ったのを聞きましたよ。それでいいじゃありませんか。小野平馬は、侍として立派に戦って死んだ……。旦那がそう済ませてしまえば、小野様からも堀田様からも心付けが旦那の下に……」

「なるほど、そうすりゃあ八方収まるか……」

弥十郎は、両家からの付け届けを頭に描いてニヤリと笑ったが、はっと我に返り、

「余計なことを気遣わねえでいいんだよ。おれ一人が事を収められるような話じゃねえ。とにかく詳しく話を聞かせてもらうぜ」

そう言って、小者達に亡骸を運ばせた。

斬り死にしたのが旗本の嫡男であるだけに、この一件は、南町奉行・根岸肥《ねぎしひ》前守《ぜんのかみ》の指示を仰ぐ事態となった。

しかし、肥前守は話を聞くや、栄三郎が言うように、これを辻斬りの一件と決めつけ、不意討ちを受けながらも見事に辻斬りを討ち果たしたと、小野平馬の武勇を賛《たた》え、その死を悼《いた》んだ。

さらに、平馬の死によって世継ぎがいなくなった小野十太夫を気の毒がり、肥前守は自ら幕閣に働きかけ、十太夫の娘の嫁ぎ先から養子を迎えるよう画策した。

それにより、小野十太夫は孫である、娘・帰蝶の次男・菊之助《きくのすけ》を養子に迎えることが叶い、口には出さねど真に良い形で厄介《やっかい》払いが出来たと、家中の者達はほ

っと胸を撫《な》で下ろすこととなった。

肥前守は、堀田丹波守が、我が子可愛さのあまり半ば強引に、三男・平馬を養子として小野家に送り込んだ経緯《いきさつ》を知っていて、平馬の放蕩《ほうとう》を聞くにつけ、随分と気の毒がっていたという。

それゆえ、前原弥十郎から報告を受けた時は、これで小野家も救われると、内心思ったことであろう。

〝手習い道場〟の地主で、肥前守の屋敷に出入りする、呉服商・田辺屋の主・宗右衛門によると、辻斬りを目撃したのが、秋月栄三郎と松田新兵衛だと聞いて、あの二人なら言うことに間違いはないと肥前守は断言したそうだ。

栄三郎は、頑固で有名な煙管師《きせる》・鉄五郎《てつごろう》を丸めこみ、肥前守のために煙管を作らせた男であるし、新兵衛は〝八州《はっしゅう》鼬《いたち》の小太郎《こたろう》〟なる凶盗召《め》し捕りに大いに働いてくれた硬骨の剣客である。肥前守がそう言ったのも頷ける話ではあるが、それと同時に、

「秋月栄三郎……。まったく気の利いた所に出くわしやがったぜ」

と、意味有り気に笑ったという。

ともあれ――。

栄三郎は、筆職人の彦造から受けた取次の仕事を見事にしてのけたのである。

彦造の父・松造、兄の隆造は大喜びで、少し鼻が高い彦造であったが、

「栄三先生、ひょっとして、あの斬り合って死んだっていう三人は、お前さんが……」

それならば大変なことをさせてしまったと、ある日そっと道場を訪ねて、栄三郎に神妙な面持ちで尋ねた。

「下らねえことを聞くんじゃねえよ。あの三人は仲間割れをしたのさ。そのように持っていったのが取次屋の腕だ」

「いってえどんな風に……」

「それを言っちゃあ、こっちの商売あがったりだ。いいから、今度のことはすっかり忘れちまいな。おれもたった今から忘れるぜ」

「へい……。そうでやしたね。へい、あっしも、みな忘れちまいました」

「それでいい……。この先、酒はほどほどにな」

「穴があったら入りてえ……」

彦造はいつもの剣術好きの筆職人に戻ったのである。

そんなことがあった次の日の朝――。

栄三郎は、新兵衛と並び立ち、羅漢寺の北側に広がる田園に忘れられたように佇む、〝あの作小屋〟の前で清々《すがすが》しい風を総身に浴びていた。

剣友の修行の場として使わせてもらいたいと、亀戸村の百姓から一月一分で借り受けたこの小屋を、新兵衛はすっかりと気に入り、もうしばしここで、野を駆け、書を読み、草木に埋もれる暮らしをしてみたいと言い出した。

取次の謝礼は何があっても手にしない、堅物の剣友のために、そこから五町ばかり離れた所にある、百姓家の井戸を使えるよう、栄三郎はさらに取り次いでやったりしたのだが、ここの暮らしの何がおもしろいのだと、前夜からこの作小屋に泊りこんだのである。

「どうだ、こういう暮らしも悪くはあるまい」

「まあ、二日くらいならな」

「何が気にいらぬ」

「おれは少々やかましくとも、人が泣いたり笑ったりする声が、年中聞こえてくる所に住んでいたいのだよ」

「腑《ふ》抜《ぬ》けたことを言いよって……」

「だが、新兵衛と一緒に過ごす、退屈な時もたまには悪くない」

新兵衛を一途《いちず》に慕う、田辺屋の娘・お咲が、どれほど栄三郎についてこの小屋に来たかったことかわからない。

剣術修行一筋で、人と深く交わることを嫌うこの男の懐に、どんな時でもズカズカとはいっていける我が身が、栄三郎は誇らしくて、時折、無性に自慢の叫びをあげたくなる。

「おぬしが退屈な時を過ごしたかったのは、おれに確かめたいことがあったからであろう」

「わかるか……」

「あの馬鹿息子をあのように斬ってしまうより他に道はなかったか……。それが気になるのであろう」

「おまえはどう思う」

「おれは、おぬしが立てた策の他に、八方がうまく収まる術《すべ》はなかったと思う。だからこそ、おぬしに相談を受けた時、おれは奴らを斬ると決めた」

「そうだな。これでよかったのだな」

「ああ、これでよかったのだ」

二人は互いに、頷き合い、平馬たちを斬った畦道の方へと手を合わせた。

「田辺屋の宗右衛門殿の話によると、平馬の生みの親の堀田丹波守は、若年寄の御役目を辞めちまうとか……」

「ほう……。権勢にとりつかれた男と思っていたが」

「きっと、出来の悪い息子を何とかしてやりたい、その一心で立身を遂げたのであろう」

「出来の悪い息子ほど可愛いものか」

「その息子が死んでしまえば、もう何をする気も失《う》せたのだろうよ」

「親は哀れだな」

「そして馬鹿だ。おれの親父も、お前の死んだ親父殿も……」

「栄三郎、おぬしが馬鹿になる日はいつだ」

「さて、いつのことか……。新兵衛、お前は？」

「おれはまだまだ修行の身だ」

二人は話す言葉も絶え、しばし秋の空を見上げた。

晴れ渡る空に浮かぶ徒雲《あだぐも》が、どこか哀《かな》しくて目を伏せると、先ほどまで気付かなかった野菊の香りが、栄三郎の鼻腔を心地良く刺激した。

「ここの暮らしも悪くはないな……」

もう一日居てみようかと、栄三郎は思い始めていた。

第二話

人形の神様

一

ドンツクドンドンツク、ドンツクドンドンツク……。

江戸の町の方々で、団扇太鼓《うちわだいこ》を打ち鳴らす音が響き始めた。

〝段々良くな（鳴）る法華《ほっけ》の太鼓〟

かの日蓮上人《にちれんしょうにん》が弘安《こうあん》五年（一二八二）十月十三日に入寂《にゅうじゃく》したという縁起から、毎年十月の八日から十三日まで〝御命講《おめいこう》〟が行われる。

その軽快な響きに追い立てられるかのように、ぞろぞろと、十人ばかりの町の者達が京橋水谷町の〝手習い道場〟に入っていく様子が見られる。

町の者達はいずれも、ここに通う手習い子の親で、一様に神妙な面持ちである。

その中には、裏手の〝善兵衛長屋〟の住人である、大工の留吉、おしま夫婦、左官の長次、おたえ夫婦の姿もあった。

この連中が浮かない顔をしているのは、子供達が不始末をしでかして、手習い師匠である秋月栄三郎を激怒させたからである。

すでに子供達は栄三郎の拳固《げんこ》をもらっていたが、栄三郎の怒りは収まらず、

「ここはひとつ、栄三先生を訪ねた方がいいですぜ……」

と、又平が触れて回ったものだから、一同寄り集まって、恐る恐るやって来たというわけだ。

常日頃は、子供にさえ愛敬《あいきよう》をふりまく気さくな栄三郎が、これほどに怒っているのである。

親達の緊張も大きい。

我が子が拳固を喰らったと憤《いきどお》るような、たわけた親はもちろんいない。

道場を入ると、奥へと続く通りが土間となっていて、その左側に手習い所兼稽古場がある。

その中央に栄三郎がでんと座っていて、土間に居並ぶ親達を眼光鋭く見すえると、

「おう、雁首《がんくび》並べて来やがったか、この馬鹿親どもが」

いきなり厳しい言葉を投げかけた。

笑顔を絶やさぬゆえに気がつかないが、怒って人を睨《にら》みつける時の栄三郎の顔は、きりりとした眉の下で、切れ長の眼が真《まこと》に鋭い。

二十年にわたって、剣術修行を続けてきた男である。素町人とはそもそも、顔付きの種類が違うのだ。

親達はたじたじとなった。

「先生、申し訳ねえ……。子供から何とはなしに話は聞いたが、どうもよくわからねえで、その……」

時折、栄三郎から剣術の手ほどきを受けている留吉が、まず口を開いた。

「おれが常々、これをしでかしたらぶん殴るからなと、お前達に言っていることが三つあったな。まずひとつは何だ」

「へい、人の物を盗むこと……」

「もうひとつは」

「約束を破って開き直ること……」

「もうひとつは……」

「へい、えっと……」

「長次、言ってみろい」

「へい……。弱い者をいじめること……」

「そうだ。お前らのガキどもは、おれが中でも嫌いな、その三つめをやらかしやがったんだ」

　話はこうだ――。

　手習い道場に、おはなという六歳の童女が通っている。

　大事にしている市松《いちまつ》人形を、いつも手から離さず持参して、文机《ふづくえ》の下に寝かせている心優しい手習い子である。

　ふっくらとした頰に、ぱっちりとした目がいかにも愛らしいのは、母親のおゆう譲りだ。

　おゆうは、この道場から東にほど近い、中《なか》ノ橋《はし》の南詰にある一膳飯屋〝八のや〟で小女《こおんな》をしながら女手ひとつでおはなを育てている。

　元は堺町《さかいちよう》の紅屋《べにや》に奉公していたが、若気の至りで、上方下りの役者と通じたことから暇《いとま》を出され、男にも捨てられ、生まれ在所にも戻れず、その時はすでに男との間におはなが生まれていて、苦労を重ねて生きてきた。

　とりたてて美人ではないが、胸や腰の辺りにほどよく肉《しし》がついている〝ぼっとり者〟で、少し斜視気味の目が何とも男好きのする女である。

　それだけに、おゆう目当てに〝八のや〟に通う男も多い。店の内に一間を与えられて、ここでおはなと暮らすおゆうであるが、住み込みだけに、遅くまで店に居ることになり、飯屋とはいえ酒も出す店においては、しばしば酔った客の好奇の目にさらされてしまう。

そういう客には、土地柄、栄三郎の許《もと》に通う手習い子達の父親も含まれていた。

留吉、長次なども、悪気はないのだが、

「おゆうさんは、いつ見てもいい女だねえ」

「うちの嬶《かか》ァなんかとえれえ違いだ」

「お前をものに出来る男が、羨《うらや》ましいねえ……」

「おれはどうだい」

などと、つい調子にのってしまうこともよくあり、これが〝そめじ〟のお染なら、

「手前の面《つら》ァ見てものを言いな……」

などと、まったくその場限りの洒落《しゃれ》で収まるが、長年苦労をしてきたおゆうには、そういう邪険な物言いが身についていない。

「あら、それは嬉しいことを言って下さいますねえ……」

つい、如才《じょさい》なく返してしまう。

そうなると、道場の隣町のことだ。

「あんたの亭主、鼻の下を伸ばしていたらしいよ」

そんな御注進が入って夫婦喧嘩《げんか》となる。

おしま、おたえなどは怒りの矛先《ほこさき》をつい、おゆうに向けて、

「うちの宿六も宿六だが、何だい、おゆうって女は、やらしい色目なんかつかってさ」

次の朝には罵《ののし》る声が井戸端で出る。

当然、子供にこれが伝染する。

その日、手習いに来た、留吉の倅《せがれ》・太吉《たきち》、長次の倅・三吉《さんきち》が、おはなに向かって、

「おいら、おまえの母ちゃん、きらいだよ」

「おいらの父ちゃんに、色目つかっているんだってさ」

と、囃《はや》したて、同じくこれに他の数人が同調した。

おはなは言い返すこともできず、市松人形を抱きしめたまま、哀《かな》しそうに俯《うつむ》いて、やがてつぶらな瞳から大粒の涙を流したのである。

これに、栄三郎が怒った。

「女手ひとつで育ててくれた母親をけなされて、おはながどれほど辛《つら》かったことか……。おれは心《しん》から頭に来て、お前らの子供をぶん殴った。文句がある奴《やつ》は前に出ろい！」

目にうっすらと涙を浮かべて叱りつける栄三郎を見て、親達はうろたえながら謝った。

「申し訳ねえ……。許しておくんなさい」

「うちの馬鹿が、そんなことを言ったなんて……」

「馬鹿はお前らだ！」

それを栄三郎はさらに一喝した。

「子供達は親の口真似《まね》をしただけだ。子供は何でも覚えたがる、口にしたがるもんだ。お前らの馬鹿さ加減が子供にうつって、おれに殴られなきゃいけねえことになったんだ。おれは、人に偉そうな口をきけるような男じゃねえ。だが、何の罪咎《つみとが》のねえ無垢《むく》な子供を泣かす奴は許せねえ。今度こういうことがあったら、おれはここを出て行くからそう思え……」

手習い師匠の方が出て行くとはいかにも栄三郎らしい怒り方だが、ここは元々、地主である田辺屋宗右衛門が、土地の人のためになればと、表通りの三軒長屋を手習い所に設《しつら》えたもので、師匠を務めていた老武士、宮川九郎兵衛《みやかわくろべえ》が、その息《そく》の仕官に伴い江戸を離れることになり、栄三郎が後を託されたという経緯《いきさつ》がある。

それゆえ、自らが出て行ってやるのが筋だと栄三郎は思っているのだ。

「そんなこと言わねえで下せえよ……」

「冬の炭代も、盆暮れ、節句の礼金も、先生はひとつも取ろうとしねえ」

「おれ達はどれだけありがてえと思っていることか」

「出て行くなんてとんでもねえ」

「今度のことはおれ達が、大事なところに気が回らなかったのがいけなかった。これからは気をつけるから、許しておくんなせえ」

栄三郎を慕う親達にはこれが一番こたえたか、皆口々に栄三郎に訴えた。

遂《つい》には、〝善兵衛長屋〟の大家・善兵衛《ぜんべえ》がやってきてとりなしたものだから、栄三郎もようやく落ち着いて、

「おれは皆の子供達がかわいくて仕方がねえ。だから怒るのさ。わかってくれ……」

と、しんみりと一同を見渡した。

そして、涙、涙でその場は収まり、晴れて手打ちの後は、又平が気を利かせて買って来た酒に、女房達が、白魚と蕗《ふき》の煮物だとか、干した片口鰯《いわし》を煎《い》って、甘辛のたれを絡ませた〝田作《たづくり》〟など、それぞれ肴《さかな》を持ちよって、そのまま道場で宴となった――。

こうなると後腐れがないのが下町の人情である。

――思えば、おれはまったく幸せな暮らしを送っている。

町の者相手に怒ったことが少し気恥ずかしく、その夜はしたたかに酔ううちに、怒ったことも何もかもがほのぼのとした陽気に包まれてくるのが、栄三郎のおめでたいところである。

「おう、皆、飲んでるかい。今宵《こよい》は楽しいなあ……。うむ、そう言やあ、これはいってえ何の集まりだったたっけ……？」

二

そのようなことがあってから二日が経《た》った。

法華の太鼓は方々でまだ止まぬが、手習い子達は、栄三郎に叱られた思いを胸に、すっかりと仲良く、無邪気に机を並べて、読み書きに励んでいる。

だが、おはなの様子がどうも寂し気に思えて、栄三郎は気になった。

どんなことがあっても、黙って何事もないように振る舞うのが身上のおはなだけに、なおさら気にかかるのである。

八ツ（午後二時）になり手習いが終わると、栄三郎は、おはなを手招きして、

「どうしたい。この前のこと、まだ気にしているのかい」

と、問いかけてみた。

「そんなことないわ。みんなあやまってくれたし、先生にぶたれてかわいそうだったし、わたしは何にも気にしていないわよ」

おはなは、にっこりと笑って頭《かぶり》を振った。

「そうかい。そんならいいのだが、何だかおはなが寂しそうに思えたから、どうしたのかと思ってな」

「それは……」

おはなは何か言いかけたが、すぐにまた屈託の無い表情に戻って、

「今日はおっ母《か》さんがお迎えに来てくれるのよ……」

と、はきはきとした声で言った。

「そうかい、そいつはよかったな。それじゃあ、おっ母さんが来るまで、先生と話をしていようか」

「先生とお話ししたい！」

おはなはこっくりと頷《うなず》いた。父親のいないおはなには、栄三郎と二人で話す一時が何よりも嬉しいようだ。

「先生、この月は神さまがいなくなるって聞いたけど本当？」

「ああ、神無月《かみなづき》といってな。神様は皆、出雲《いずも》という国へ出かけちまうんだ」

「じゃあ、人形の神さまも……」

「う〜ん、そうだな……」

栄三郎は日頃、子供達に、どんな物にでも魂が宿っている、だから、筆、墨、硯《すずり》なども粗末にすると、それぞれの神様が怒って罰を与えられるのだと教えていた。

そして、いつも人形を大事にしているおはなには、

「どんなことがあっても、その人形の神様がおはなを守ってくれるだろうよ」

そう言って誉《ほ》めてやっていた。

「八百万《やおよろず》の神が出払っちまうってことだから、人形の神様も出雲に行っただろ

うな」

「それじゃあ、わたしのこと、守ってくれないの？」

「いや、何かあった時はお祈りをするんだ。そうすりゃあ、すぐに戻ってきてくれるさ」

「遠い所からでも？」

「神様はどんなに遠い所にいても、あっという間にどこへでも行けるのさ」

「よかった……」

おはなは紅葉《もみじ》のような手を胸にあててほっと一息ついた。その仕草は何とも大人びていて、栄三郎でさえどきりとするほどであった。

「お世話になっております……」

そこへ、母親のおゆうがやって来た。

「ああ、おっ母さんが来てくれたぞ。この前はすまなかったな。まあ、きつく叱っておいたから許してやってくんな」

栄三郎の言葉に、おゆうは深く感じ入って、

「そのことならどうぞ、お気になさらないで下さいまし」

と、あれから、親達が騒ぎにならぬよう、代わる代わる訪ねて来て、謝ってく

れたことを告げ、

「今日はそのお礼の他に、ちょっと、先生にお伝えしたいことがあって参りました」

上目遣いに言った。

「おれに伝えたいこと……」

栄三郎は、何やらこみ入った話のように思われたので、おはなの相手を又平に託し、六畳の間におゆうを招いた。

「何か厄介なことでもあったのかい」

穏やかに問う栄三郎に、

「いえ……。実は今度、縁あって、おはなを連れて嫁ぐことになりまして……」

おゆうは恥ずかしそうに答えた。

「そうかい、そりゃあよかったな。はッ、はッ、めでてえ話じゃねえか」

「今さら、嫁に行くなど、思ってもみなかったのですが、今のままでは、おはなにとってよくないと思いまして……」

「うむ、わかるよ。お前さんの気持ちはよくわかる」

おゆうが〝ぼっとり者〟であることは前にも述べた。だがそれだけではなく、おゆう自身は何の意識もしていないのに、その体の内外から、男を惹《ひ》きつける〝気〟が発せられるのであろうか、独《ひと》り身《み》であることも手伝って、何かというと男達はおゆうに言い寄ってくる。

今、おゆうが働いている〝八のや〟という一膳飯屋の周辺は、家に仕事場を持つ、〝居職《いじよく》〟の職人が多く、少し遊びなれた男達は、おゆうに下卑《げび》た言葉を挨拶代わりに投げかけ、あわよくば一度くらい相手をしてもらおうと思っている。手習い子の父親達が、おゆうに軽口を叩《たた》きたくなるのも無理のない話なのである。

おゆうにすれば、店の老夫婦もよくしてくれるし、仕事も住居も得られて喜ぶべきところなのだが、そういう環境が、おはなにとってよくないことが頭痛の種であったのだろう。

「お前さんはいい女だからなあ。世間の目が放っとかねえのだよ」

「いい女だなんて、先生、からかわないで下さいまし」

照れて俯く、おゆうの白いうなじの後《おく》れ毛が、再び栄三郎をどきりとさせた。

男好きのする女と、その美しい娘――。

女達はこれをおもしろおかしく噂《うわさ》をするに違いない。娘ぐるみ引き受けようという男があって、そこへ嫁ぐなら母娘《おやこ》にとってこれほどのことはない。

「で、一緒になろうって男はいったい……」

「それが……。入谷《いりや》の寛助《かんすけ》という御用聞きなのです」

「ほう、御用聞き……か。そいつはいいや。もうこれで、お前さん達母娘を、誰もからかいやしねえだろう」

栄三郎は心からよかったと、おゆう、おはなの幸せを祝った。

「先生に喜んでもらえてよかった……。でも、嫁いだ後は、おはなを他所《よそ》の手習い所に通わすことになります」

「そりゃあそうだろうな」

何とはなしに、おはなが寂しそうな風を見せたのはこのことであったかと気付き、栄三郎の胸を切なくさせた。

「それもまたよかったじゃねえか。お上から手札を預かる身だ。立派な師匠がいる所に通わせてくれるよ」

感傷を抑えこんで、栄三郎は爽《さわ》やかに笑うと、稽古場で又平相手に人形と遊ぶ、おはなを見た。

――幸せになるんだぞ。お前には人形の神様がついていらあ。何も心配することはねえさ。

心でそう念じつつ――。

御命講もすみ、法華の太鼓も落ち着いた頃。

おゆう、おはな母娘は、入谷の寛助の許へと越していった。

手習い道場との別れの日。

おはなは左手で人形を抱え、右手で栄三郎の袴《はかま》の股立《ももだち》辺りを摑《つか》んで泣きじゃくり、皆の涙を誘った。

未練となってはいけないと、その翌日、〝八のや〟の一間を出て行く母娘の姿を、栄三郎は路地の物蔭《ものかげ》からそっと見送った。

すでに寛助の使いが来て、僅かばかりの荷は運び出されていたようで、おゆうとおはなは店の老夫婦と別れを惜しんでいた。

その様子を見てとった、近所の畳職人と建具職人が、おゆうの傍へ無遠慮に近寄って、

「何でえ、出て行っちまうのかい」

「そいつはつれねえなァ……」

下卑た口調で声をかける。

何かと言うとからかい、体を触ってきたりしたこんな連中に、何を伝える謂《いわ》れがあろうか。

だがもう会うこともあるまい者達と、おゆうはにこやかに、

「お世話になりましたねえ。ちょいと越すことになりまして」

と、いつものようにさらりとかわした。

遠巻きに、見るとはなしに世間話に興じていた女房達は、それを聞き逃さずに、

「〝八のや〟のあの人、どこかへ越すようだねえ」

「ここに居られないようなことでも、しでかしたんじゃないのかい」

などと勝手なことを言い合う。

馬鹿男達は、嫌われていると知りつつも、図に乗って、

「何だよ、もう会えねえのかい、寂しいねえ」

「お前さん目当てに通っていたのによう」

と、なおも馴《な》れ馴《な》れしく寄っていく。

見ている栄三郎は胸くそが悪くなって、

――あの野郎、娘の前でぬけぬけと。

そっと見送るつもりが、出て行って男二人をぶちのめしてやりたくなった。

おゆうは男達を黙殺すると、老夫婦におはなと共に深々と頭を下げて歩き出した。

心配そうに見送る老夫婦に構わず、男二人は、こうなればせめて尻の一つも触ってやろうと、

「まあ、待ちなって……」

畳職が、おゆうの腰に手をかけた。

――いい加減にしやがれ。

栄三郎がとび出そうとした時――。

畳職は、通りの向こうからやって来た一人の男に、頬げたを張られ、吹っとんだ。

「な、何だ手前は……」

建具職は、男の腕っ節の強さにうろたえた。

「おれは、おゆうの亭主だよ……」

男が答えた時には、建具職も不様に蹴り倒されていた。

腕っ節が強いはずである。この男こそ、おゆうの亭主になる〝入谷の寛助〟で

ある。

歳《とし》の頃は三十の半ば、月代《さかやき》は青々として、顔はぐっと苦み走り、いかにも頑丈そうな体軀《たいく》に、地味めな結城《ゆうき》の上下がよく映《は》える。

「て、亭主だと……」

苦痛に顔を歪《ゆが》めながら、畳職と建具職は、寛助を見上げた。

「そうよ、入谷の寛助ってもんだよ」

言うや、寛助はさらに二人を容赦なく叩き伏せた。

騒ぎに集まって来た職人仲間達も、その凄《すさ》まじさに手出しができないでいた。

「お前さん、もう行きましょう」

おゆうは、怯《おび》えるおはなを抱きとめながら、馬鹿二人に助け船を出してやった。

「おう、そうだな。おはなが恐がっちゃあいけねえな」

新妻の一言で寛助は動きを止めた。

「何の騒ぎでえ！」

そこへ、近くの自身番から体格の良い番人が一人駆けつけてきて、ぼろ雑巾のように倒れている二人を見て怒鳴り声をあげたが、寛助の顔を見てたじろいだ。

「確かお前さんは……。入谷の親分……」

「そういうお前は、喜八《きはち》さんかい」

「へ、へえ、何か、この二人がやらかしましたか」

「いや、御用の筋じゃあねえよ」

その場に居た者達は、寛助が御用聞きの親分と察し、凍りついたように固まった。

「後添《のちぞ》えを貰《もら》うことになってな。迎えに来たところが、女房に絡む野郎がいてよう」

「そ、そいつは何とも馬鹿な野郎で……」

「ここはお前に預けて、帰るとしよう」

「そうしてやっておくんなさい……」

「女房子供があれこれ世話になった礼は、また改めて言いにくるとしよう」

寛助は、一同をぐっと鋭い目で睨みつけると、

「そんならおゆう、おはな。鉄砲洲《てっぽうず》で船を仕立て、行くとしようか」

おゆう、おはなを促して歩き出した。

町の者達は、寛助とおゆう、おはなにたちまち追従《ついしょう》笑いを向けて、頭を下げ

てみたりした。

相変わらず、人形を左の腕に抱きしめながら、おどおどしているおはなの手を引きつつ、おゆうの胸の内に、今まで抑えこんできた、近所の者達への憎しみが、沸々と湧《わ》きあがってきた。

こんな下らない奴らに、謂れなき侮辱《ぶじょく》や中傷を受けながらも、ただ黙ってきたのは、娘のおはなの行末を思ってのことであった。

それが今は、自分と娘を守ってくれる男がいる。自分のために、ここまで戦ってくれた男が今までに居たであろうか。

いつまでも立ち上がることのできない、畳職と建具職の二人に冷笑を浴びせ、

「ではお暇致します。皆さんのことは忘れませんよ……」

おゆうは皮肉に言い放つと、寛助について町内を後にした。真に爽快な気分であった。

――あれが入谷の寛助か。

路地の物蔭から見送る栄三郎は、たくましく、押し出しのいい寛助のような男に望まれて、おゆうは、幸せをついに手にしたのだろうと思った。

しかし、それと同時に、いくら女房がからかわれたといって、足腰が立たぬよ

うになるまで、町の者を痛めつけた寛助に、空恐ろしいものを覚えた。

おゆうに手を引かれつつ、おはなは何やらとても不安気な表情をしていたような……。

おゆうが、おはなを手習い道場に連れて来てから一年にも充《み》たないが、おはなは栄三郎を父親のように慕ってくれた。

他所の手習い所に行かねばならないと知った時、おはなはどれだけ寂しい思いをしたであろう。

だが自分が寂しさを顕《あらわ》にすれば、たった一人の肉親であるおゆうを哀しませることになると、おはなはそのことを、おゆうが栄三郎に告げるまで一言も口にしなかったのであろう。

幼くとも、おはなはそういう気配りのできる子であった。

そんなおはなを想うと、栄三郎は泣けてきて、ただただ、新しくできた父親がおはなを大事にしてくれることを祈らずにはいられなかった。

それだけに、栄三郎は、入谷の寛助という男のことが気にかかるのであった。

三

笊《ざる》に箒《ほうき》に籠《かご》……。

何もかもが竹で出来ている。

軒《のき》に吊《つ》るされた看板も大きな竹を割ったもので、そこに〝竹茂《たけしげ》〟と書かれてあった。

京橋の下を流れる〝京橋川〟——その北側は〝竹河岸《たけがし》〟と呼ばれる。

ここには竹問屋が建ち並んでいて、関東近辺で伐採された竹が船で運びこまれてくる、まさしく〝竹の町〟なのだ。

荒物屋〝竹茂〟は、その一角にあった。

この屋の主《あるじ》・茂兵衛《もへえ》は、女房のおたけを店に立たせて、自分は店の奥にある小さな作業場で日がな竹細工に勤《いそ》しむ寡黙《かもく》な男であるが、一度《ひとたび》声がかかれば十手《じって》を忍ばせて江戸の街を駆け巡る岡っ引きとなる。

その活躍は「血闘」の一件で知れるところだが、今、竹を編んでいる茂兵衛からは想像もつかない。

「あら、栄三先生……」

店先に居るおたけが、おっとりとした声をあげた。

店を覗《のぞ》く、秋月栄三郎の姿を認めたのだ。

以前、剣友・松田新兵衛を襲った、凶盗〝八州鼬の小太郎〟一味の探索にあたり、賊徒の一人に肩を斬られた茂兵衛を、栄三郎は何度か見舞ったことがあり、この夫婦とはすっかり顔馴染《なじ》みである。

丸顔で、何事にも急《せ》くことのないおたけが、のんびりと話しかけるのに、「うむ、うむ」と相槌《あいづち》をうって竹細工に打ち込む茂兵衛——栄三郎はこの夫婦の様子を眺めるのが好きであった。

「おう、変わりがねえようで何よりだな。いや、そういやあ長く会ってねえような気がしてな」

「それで訪ねて下さったんですか」

「そいつは嬉しいねえ」

おたけに続いて、作業場から茂兵衛がにこやかに声をあげた。

「まあ、ゆっくりとしていって下せえ。一杯やりますかい」

「いや、まだ日が高いよ」

「そんならおたけ、茶を頼む」

「あいよ……」

茂兵衛は一段高くなった作業場の框《かまち》に栄三郎を迎えた。

「このところ、御用向きの方はどうなんだい」

「へい、まあ、大したこともなく、楽をさせてもらっておりやす」

「そうかい。それは何よりだな……」

のんびりとした口調で話し始めた栄三郎であるが、茂兵衛を訪ねたのには理由があった。

それまで暮らしていた、中ノ橋の南、南八丁堀《はっちょうぼり》四丁目の一膳飯屋〝八のや〟を引き払った、おゆう、おはな母娘を、栄三郎がそっと見送ってから十日ばかりが経っていた。

今までだって、手習い子の出入《ではい》りは何度もあった。しかし、おはなには、母親のおゆうが持ち合わせている男運の無さや、いい女であるがゆえにどこか不幸が取り憑《つ》く悲運が、そのまま絡みついているように思えてならなかった。

そして、それを救い上げてくれるはずの、入谷の寛助なる岡っ引きには殺伐《さつばつ》とした、栄三郎にとって気にくわぬ暗い影がさしていて、何やら胸騒ぎがするのである。

落ち着かぬ栄三郎は、同じ岡っ引きの茂兵衛から、寛助の人となりを聞いてみたかったのだ。

「ところで親分、入谷の寛助っていう岡っ引きを知っているかい」

栄三郎は、おたけが運んでくれた茶を啜《すす》ると、茂兵衛に尋ねた。

「入谷の寛助……」

茂兵衛の声にたちまち凄《すご》みが顕《あら》われて、その顔付きを岡っ引きの鋭いものに変えた。

「入谷の寛助がどうしたってんだ……」

そこへ、南町同心・前原弥十郎が、ずかずかと入って来た。

——この男、おれをつけ回していやがるのか。

何かというと絡んでくる弥十郎に、うんざりとする栄三郎であったが、茂兵衛はそもそも弥十郎の手先なのであるから仕方がなかった。

弥十郎の方は、栄三郎がいくらこの辺りで人気者でも、ここはおれの縄張りなんだと、少しばかりしてやったりの表情で固太りの体を反らしつつ、栄三郎の横に並んで座った。

――仕方がないか。

弥十郎に話を聞くと、あれこれと薀蓄《うんちく》を語られるのが面倒で、そっと茂兵衛を訪ねたのであったが、弥十郎も一緒の方が、寛助のことも知れよう。

茂兵衛はそういう栄三郎の心中を察して、再び表情を和《やわ》らげた。

「前原の旦那がおいでならちょうどいいや……」

心とは裏腹に愛想を言うと、栄三郎は、かつての手習い子が、寛助の生《な》さぬ仲の娘であることを話し、

「入谷の寛助という親分が、どんな男か気になりましてねえ」

と、問いかけた。

「そういうことかい……」

弥十郎はふっと溜息《ためいき》をついた。

一瞬、黙りこくった様子を見ると、あまりよくは思っていないらしい。

茂兵衛は驚いたような顔をして、

「近頃、後添えを迎えたって聞いておりやしたが、栄三先生の知り合え《え》だったんですかい」

と、弥十郎の横手で栄三郎を見た。

二人の話によると——。

入谷の寛助は、前原弥十郎と同じ、南町奉行所の廻《まわ》り方《かた》同心・中畑敬次郎《なかはたけいじろう》の手先だという。

この中畑という同心——なかなか凄腕なのだが、探索のやりようが独善的で、強引な吟味の進め方に、同輩と衝突することもしばしばである。

だが、何代にもわたって同心を務めてきた家に生まれたこともあり、江戸の角々《すみずみ》にまで顔が利くので、奉行所では一目置かれていて、何といっても悪と対するに、少々の荒っぽさもまたたくましく思われ、泣く子も黙る強面《こわもて》の同心として何軒かの大商人からは頼りにされていた。

その手先を務める寛助は、まさに強面の中畑の〝先兵〟として、荒っぽさを身上に十手を振るい、探索、捕物で殴り殺された者もあり、処《ところ》の無頼漢《ごろつき》どもは、その名を聞くだけで、怖気《おじけ》立つ男だそうな。

数年前にお沢《さわ》という寛助の女房が、王子《おうじ》権現社に参った折に、誤って滝壺《たきつぼ》に転落し命を落とした。

この時は、殴り殺した者の恨みに取り憑かれたのだと噂をされたものだが、言い寄る女もあったというのに、それからは独り身を通していたところを見ると、鬼のようなこの男にも、女房の突然の死を受け入れられない情の深さが備わっていたのかとも思われた。

それがこの度、おはなという連れ子を引き取ってまで、おゆうを後添えに迎えたのは、

「死んだ女房によく似ているからだっていいますぜ」

と、茂兵衛は言う。

〝八のや〟という一膳飯屋に、死んだ女房のお沢によく似た女が居ると噂に聞き、店がすいている時分を見計らって、数度店に通った後、寛助は店の老夫婦に話を通し、おはな共々面倒を見たいと、おゆうに申し出た。

それが、岡っ引き仲間から聞いている茂兵衛の、寛助についての噂であった。

寛助は、互いに所帯を持つのは初めてではないので、祝言《しゅうげん》など晴れがましいことはしなかった。それゆえそのことについて詳しく知っている者は少ないのだ。

「よほど、そのお沢という女房に惚《ほ》れていたのだなあ」

弥十郎が付け加えた。

「だが、死んだ女房に似ているだけで望まれたとしたら、おゆうは哀れだ」

「哀れだと……？」

栄三郎の言葉に、さっそく弥十郎は反応して、

「おれは入谷の寛助って野郎は好きじゃあねえが、知らねえ男が産ませた娘共々、迎えようっていうんだ、結構な話じゃねえか。死んだ女房に似ている……。女を見初《みそ》めるきっかけってものは大方そんなものよ。まったくお前って奴は、ものの見方が甘いっていうか……」

と、独り身で、浮いた噂など聞いたことのない身を棚に上げ、熱弁を振るいだした。

「そりゃあ、前原の旦那の言う通りかもしれねえが、話を聞けば、入谷の寛助って男、何やら危な気で、空恐ろしいっていうか……」

「お前、おゆうって女に惚れていたのかい」

「馬鹿言っちゃあいけませんよ。まだ幼気《いたいけ》なおはなのことが気になるんですよ」

「まあ、中畑敬次郎といい、どうも気に入らねえ奴らだが、金回りはいいようだ。この先、暮らし向きに困ることもねえだろう。娘にとっちゃあ、それが何よりじゃねえのかい」

弥十郎の見解は間違ってはいないのだろう。

だが、おゆう、おはな母娘に対する想いの深さは、栄三郎とははるかに違い、所詮は他人事《ひとごと》である。

それから始まった、弥十郎の、子供にとって何が大事かという講釈を聞き流しつつ、栄三郎は釈然としない思いに落ち着かないでいた。


何か苦労をしていないか――。

栄三郎の母娘への心配をよそに、この時、おゆうは幸せを噛《か》みしめていた。

入谷の寛助が迎えてくれた住居は、真源院《しんげんいん》の裏手にある、表通りに面した貸店で、間口は二間半、二階建ての小ざっぱりとした家であった。

二階の一間をおはなに与え、自分は神棚、長火鉢が置かれた、いかにも処の親分らしい、下の二間続きの奥の部屋に居て、「姐《あね》さん」と若い衆に持ち上げられながら亭主の世話をして暮らす――あくせくとして男達のだみ声、怒鳴り声の中、立ち働いてきた今までの生活とは大違いであった。

近くにある真源院は、大田南畝《おおたなんぽ》が地口《じぐち》に、

〝恐れ入谷の鬼子母神《きしもじん》〟

と歌った、鬼子母神を祀《まつ》っていることで知られる。おゆうが参拝に出向くと、この町の者達は、親分のおかみさんだと一様に頭を下げて通り過ぎた。

　おはなを連れて歩いている時などは、どうも誇らしく、自然と笑みがこぼれ、屈託の消えたふくよかな顔には福々しさが表われて、

「寛助親分はいい後添えを迎えなすったものだ」

「おっかねえお人と思ったが、娘を引き取るなんて、なかなか出来ることじゃあねえよ」

　などと、人の噂話も心地がよい。

　何度か〝八のや〟で言葉を交わしただけで、後添えに望まれ、随分と当惑したおゆうであった。

　お上の御用を預かる身だと、そっと聞かされ、偉丈夫《いじょうふ》で頼り甲斐《がい》のありそうな寛助に心は惹かれたものの、御用聞きの女房になることに不安があった。

　それでも、おはなの先行きを想い、このままでは何も変わらないと、身を任せたのだが、今、つくづくと、寛助の許に嫁いでよかったと思われる。

　外でどれだけ恐れられようと、家に居る時の寛助は口数も少なく、おゆうには優しかった。

　閨《ねや》の中でも、

「お前はいい女だ……。ずっとおれの傍にいてくれよ……」

何度もおゆうの耳許に囁《ささや》き、飽くことを知らずに愛撫をくわえてくる寛助に、言い寄る男をかわすうち、いつしか乾ききってしまった、おゆうの〝女〟が蘇《よみがえ》った。いや、初めて寛助が女の喜びというものを教えてくれたと言えよう。

おゆうが幸せに夢現《ゆめうつつ》になるのも無理はない。

その日も、おゆうは永心寺《えいしんじ》という近くの寺院の御堂で開かれている手習い所におはなを迎えに行った。

まだ、通い始めたばかりのこと、おはなが寂しがってもいけないだろうと、入門してからは毎日昼過ぎになると、寺へ出向いてやるおゆうであった。

「おっ母さん……」

おはなは、おゆうの姿を見ると、笑みを浮かべて駆け寄ってきた。

「入谷の寛助の恥となっちゃあいけねえ」

と、おゆう、おはなにはいつも身綺麗《みぎれい》にしておくように言いつけ、その費《つい》えを惜しまぬ寛助のお蔭で、ここへ来てから、おはなには継ぎの当たった着物などは一度も着せたことはない。

手習い所も、この辺りの富裕な町人の子女が通う所で、おはなは大事に扱われていた。

忙しさに、なかなか構ってやれなかった娘の手を引いて家へと帰る……。

それが叶《かな》う今の暮らしに、おはなは満足してくれていると、おゆうは疑いもなく思っていた。

しかし、おはなはその実、新しい暮らし、俄《にわか》にできた父親に馴染めないでいた。

体を重ね、情を交わして、すっかりと、寛助にのぼせているおゆうと違い、おはなは心の底で寛助という男を恐れていた。

時折、家にやってくる乾分《こぶん》達に指示を出している時の荒々しい声の響きや、刺すような目つきが、何とも恐い。

あの日、職人二人を執拗《しつよう》なまでに痛めつけた残忍な姿が思い出されるのである。

おゆうからは、お前のお父《と》っさんは、悪い人達を相手にしているから、おっかない様子に見えるかもしれないが、おはなのことは本当に大事に思ってくれているのだよ……。そんな風に言いきかされているし、実際にあれこれ物を買い与えてくれるので、おはなはその思いをおゆうには言えないでいた。

何よりも、おはなはおゆうが哀しんだり困ったりするような話は、決して口にしない子供であった。

相変わらずその身から離さない、件《くだん》の市松人形に、

「お人形の神さま、どうか、わたしとおっ母さんを守ってください……」

そっと話しかけるばかりであった。

日々の暮らしに満足をしているおゆうには、今自分に手を引かれ、にこやかな笑みを湛《たた》えているこの娘に、そのような孤独があることは、まるで見えてこなかった。

母娘が家の近くまでやって来ると、表の通りで、同心・中畑敬次郎と、寛助がちょうど別れ行くところに出くわした。

「これは旦那、御苦労さまにございます……」

すっかりと、岡っ引きの女房らしくなったおゆうが中畑に頭を下げた。横で少しどぎまぎとして、おはながこれに倣《なら》う。

「おう、手習いの帰りかい……」

痩身、細面《ほそおもて》の中畑の、少し窪《くぼ》んだ目が笑った。

おはなはこっくりと頷いた。

おはなにはどうもこの、中畑という養父にとって

の〝旦那〟も苦手な存在である。今は笑っているその窪んだ目の奥に、何かとてつもなく恐ろしい魔物が棲《す》んでいるような気がするのである。

「寛助、お前の娘は器量良しだな、年頃になりゃあ、八丁堀の誰かの嫁にするか」

「あっしのような者には、もってえねえことでございます」

寛助は恭《うやうや》しく畏《かしこ》まった。

「なに、そん時ゃあ、誰かの養女とすりゃあいい。おゆう、これで新しい人形でも買ってやりな」

中畑は遠慮するおゆうに一分金を握らせると、小者を従え、悠々と去って行った。

寛助は、おゆうと共に礼を述べ、しゃちほこ張って、中畑の後姿を見送っていたが、やがておはなに向き直り、

「おはな、よかったじゃねえか。お前がいつも薄汚れた人形を抱いているから、中畑様も気を使って下さったに違えねえ。せっかくのお心尽しだ。こいつは今日で捨てちまいな」

さっと、おはなが抱いていた市松人形を取り上げると、傍にあった芥箱《ごもくばこ》に捨

てしまった。

「私の人形……」

呆然《ぼうぜん》として声をあげたおはなの肩を抱いて、

「どんな物にだって寿命というものがあるんだよ。もう随分とあの人形とも遊んだんだ。未練を言わずにうっちゃっときな」

寛助は、有無を言わさずおはなを家の中へと連れて入った。

その時、おはなの顔を覆った哀しみの翳《かげ》りさえも、おゆうは気付かなくなっていた。

四

「又平、昼は何を食おうか……」

少し前に、朝餉《あさげ》の茶粥《ちゃがゆ》を食べたところだというのに、もう昼の心配をしている栄三郎であった。

今日は手習いが休みである。

以前ならやれやれというところであるが、近頃はどうも物足りない。

松田新兵衛に言わせると、

「栄三郎、おぬしも人の子を導く手習い師匠として、目覚めたのだな」

と、なるのであろうが、休みの日がただ退屈なだけである。

それはつまり、間があると方々をぶらぶらとさ迷い、摩訶《うまか》不思議なる物を見聞きし、酔狂に身を投じる――そういう〝助兵衛根性〟が失せてきたという顕れなのかもしれない。

――いかぬ、いかぬ。そういうことではいかぬ。

三十半ばにして〝助兵衛根性〟がなくなっては、男として死んだも同じだと、常々栄三郎は思ってきた。

――ここで昼のことを考えているなら、当《あ》て所《ど》なく町を歩いて、何かうまい物でも見つけようか。

そう思いながら道場の外へ出て、大きく伸びをした栄三郎は、遠く向こうの方からやって来る小さな人影に、大きく目を見張った。

その小さな人影は、両の手で胸に薄汚れた人形を抱きながら、栄三郎に潤んだ目を向けている。

「おはな……」

ここまでの道中が、さぞや心細かったのであろう。おはなは栄三郎の姿を見て安心したか、わッと泣きながら駆けて来た。

「お前、一人で入谷から来たのかい」

おはなは嗽《しゃく》り上げながら栄三郎の腕の中で大きく頷いた。

「困った奴だなあ。まあ、とにかく中へ入んな。生憎《あいにく》今日は誰もいねえが、又平の兄ィと三人で、お話をしよう……」

「わたし、おっ母さんにしかられる？」

「叱られるだろうな。だが心配するな。先生が一緒に謝ってやるさ」

「ほんと？」

「ああ、おっ母さんに言いつけたりしねえから、おはなが思っていることを、そっくり先生に話しておくれ……」

おはなにやっと笑みが戻った。

それからおはなは、久しぶりの手習い道場で、栄三先生を一人占めに出来た喜びに気持ちもほぐれ、ポツリポツリとここへ来るまでの話をした。

この日は、おはなを手習いに行かせた後、おゆうは常磐津《ときわず》の稽古に出かけることになっていた。

　女房にも習い事をという寛助の配慮に、おゆうはいそいそと稽古場に向かったのであるが、その隙をついて、おはなは手習い所を抜け出し家に戻って、芥箱から大事な市松人形を助けたのである。

　しかし、助けたものの、その後どうしたらいいかわからなくなり、気がつけば京橋水谷町に自《おの》ずと足が向いていたという。

「そうか、人形を助けてやったか。おはなは優しい子だな。だがな、お父つぁんを恨んじゃいけねえよ。新しい人形があれば、古い人形はいらないと思っただけだ。お父つぁん、おはなに意地悪をしたりはしねえんだろ」

　おはなは頭を縦に振った。

　文句を言えば罰が当たるくらい、おはなは恵まれた暮らしをしているようだ。とりたてて、寛助に辛くあたられたこともない。寛助を悪く言うことは、最愛の母親であるおゆうを裏切ることになると、子供ながらおはなは思い、決して養父に対する愚痴はこぼさない。

　それでも言葉の端々で栄三郎にはわかる。

　寛助の娘であることから、手習いに通う他の子供達は、決しておはなを苛《いじ》めたりはしないが、かといって心を開こうともしない。

そんなことなら、手習いになど行かず、昼間は日々の仕事から解放された母親と時を過ごす方がよほど楽しい。

だがそれも叶わず、唯一の心の拠《よ》り所である市松人形まで捨てられたら、孤独に耐えられなくなるのも無理はなかろう。

「先生はおはなの気持ちがよくわかるよ」

「先生はしからない？」

「ああ、叱ったりするもんか。おはなが会いに来てくれて嬉しかったよ。だがな、黙って一人で遠い所に行っちゃあいけない。おっ母さんが心配するからな」

「おっ母さん、心配しているかなあ」

「我が子を心配しねえ親があるもんかい。先生が一緒について行くから、家へ帰ろう」

「はい……」

「栄三先生が一緒だからどうってことねえよ。また、遊びに来るがいいや」

何か喋《しゃべ》ると泣きそうで、先ほどからずっと黙っておはなのことを見守っていた又平が、明るい声で言った。

　栄三郎は頃合を見計らって、やがて道場を出ると、入谷へおはなを送って行った。

「その人形をどうするか考えねえとな」

「おうちに持って帰ったら、また捨てられてしまうわ」

「どこかいい隠し場がありゃあいいんだが」

　栄三郎は懐から手拭いを出し、それで人形を包んだ。

「とりあえず、いい所がみつかるまで、縁の下にでも隠しておくんだな」

「それなら、いい所がある……」

　入谷の家に着くまで、栄三郎はおはなとそんな〝悪巧み〟をした。秘密を分かち合う相手が栄三郎ということで、おはなの気持ちは弾んだ。親の言いつけに背《そむ》く後ろめたさから、これで少しはのがれられる。

「なかなかいい家《うち》だな」

　やがて、おはなの新居に着くと、栄三郎は頰笑《ほほえ》んで、そっと中を覗きこんだ。

「おゆうさん、いるかい……」

　返事はない。おゆうは、手習いから昼を食べに家へ戻ってこない娘の異変に気付いて、辺りを捜し回っているのであろう。

「よし、今の間に人形を隠してきな」

おはなは元気よく頷くと、家へ入り、手拭いに包まれた人形を手に土間の床下へと姿を消した。

そこは、奥の神棚のある部屋の下へと続いていて、部屋から小庭へと下りる、縁側の下に置かれた踏石の後ろ側に、おはなはその手拭い包みをそっと置いた。

ここなら庭から下を覗いても見えない。新居で暮らしてこの方、おはなは子供らしく家の中を冒険していた。

「よくやったな。人形の神様は必ずお前に礼を言いにやってくるぜ」

出入りの上がり框《かまち》に腰をかける栄三郎は、再び土間の床下から姿を現したおはなにそう言うと、小さな体についた埃《ほこり》を払ってやった。

「ほんとうに神さまは来る？」

「ああ、来るさ」

「ありがとうと言いに？」

「そうだよ」

「楽しみだわ……」

嬉しそうなおはなの顔を見て、余計なことを言ってしまったと栄三郎は悔やんだ。

その時――。表からおゆうが駆けこんできて、おはなと並んで座っている栄三郎の姿に、驚いて立ちすくんだ。

「お手数をおかけして、申し訳ありませんでした……」

「あんまり怒ってやるな。どうしようもなくおれの道場が懐かしくなったのだろう。子供の頃は、後で思うと、どうしてあんなことをやらかしたのか、わけがわからねえことをするものさ」

心配して、方々捜し回っていた緊張が解け、大声でおはなを叱りつけるおゆうを宥《なだ》め、まずおはなを二階に上げて、栄三郎は人形のことは秘密にして取りなしてやった。

「おはなも寂しいのだろうよ」

「あの子の気持ちはわかりますが、前の暮らしを思えば、こんなにここでよくしてもらっているのに、寂しいなんて言ったら罰が当たりますよ」

「よくしてもらったって、寂しいものは寂しいさ」

栄三郎は少し語気を強めた。

「お前さんにとって今の亭主は、これまで無縁だった、女の喜びというものを教えてくれる〝いい人〟かもしれねえが、おはなにとっては、母親の心の半分を持っていっちまった、ただおっかねえ男なのかもしれねえじゃねえか」

「先生……」

「お前さんはちょっと見ねえうちに、きれいになったぜ。それもこれも亭主がよくしてくれるお蔭なんだろう。だがな、親が思うほど、子供は貧乏ってものが苦にならねえもんだ。何が豊かで何が貧しいかの境い目が、子供の目からはよく見えねえからな」

「先生は、今より前の暮らしのままの方がよかったと……」

「そんなことは言ってねえよ。おれがお前さんの立場なら同じことをするだろう。人は何か新しい道に踏み出さなきゃあ、何も変わらねえからな。おれの言いてえのは、初めて通る道でも、見覚えのある景色が向こうに広がっていりゃあ、何とも心強い。お前さんは、おはなにとっちゃあその景色だ。変わらずにいてやっておくれ」

栄三郎はおゆうにそう言うと、入谷の家を出て道場へ戻った。

今のおゆうには、栄三郎が言ったことの意味もはっきりとせぬやもしれぬ。だが、そのうち暮らしも落ち着けばわかってくれるであろう。

――それまでは少し寂しいかもしれぬが、何があっても、前の暮らしに逃げ出そうとするんじゃねえぞ。

二階の窓から、うっすらと目に涙をためて、去り行く栄三郎に手を振るおはなに、心の内でそう語りかけつつ――。


栄三郎が去って後。

おはなが起こしたこの小さな騒ぎによって、再び母娘の絆《きずな》は深まった。

おゆうは〝女〟より〝母親〟であってほしい、おはなの気持ちを察し、新しい暮らしに舞い上がっていた自分を恥じて、おはなに正面から向き合う時を増やした。

おはなが他の子供達と少しでも親しめるようにと、手習いの迎えもやめた。

三日もたたぬうちに、身を寄せあって、ただ二人で生きてきた、母娘の情愛は今までの以心伝心で通ずるものとなった。

しかし、件《くだん》の市松人形を捨てられたおはなの心の痛みを、おゆうは依然としてわからずにいた。

無理もなかった――おゆうは、同心・中畑敬次郎がくれた小遣いで、新たな人形をおはなに買い与えていたし、心優しきおはなはその人形も大事にしていた。

おはなの方も、養父・寛助が捨てた物をわざわざ拾いに手習いを抜け出したとは言えなかったし、これをそっと隠したのは、大好きな栄三郎との二人だけの秘密なのである。

幼い頃、親に言えないまま歳月が流れた――そんな秘密は誰にでもあるものだ。おはなは人形の新たな隠し場所を求めつつ、まだ見つけられずにいた。

それで時折、奥の部屋の床下に忍び入っては、

「もうすこし、ここで辛抱して下さいね……」

手拭いから人形を取り出して、蚊の鳴くような声で告げると、また手拭いに包んでそっと抜け出す。

そんな秘密の遊びを続けていた。

だがそれが、この幼い子供に、聞いてはいけないことを聞かせてしまうことになる。

ある日の昼下がり。朝から寛助は出かけていて、おはなが手習いから家へ帰ると、ほどなくおゆうも近くの八百屋に買い忘れたものがあると家を出た。

一人になったおはなはその間に床下に潜りこんで、いつものように踏石の後ろに隠してある人形と束の間《つかのま》の対面を果たした。

そして、素早く外へ出ようとした時、家に寛助が帰って来た。

「誰も居ねえのかい……」

寛助は呟《つぶや》くように言うと、奥の間へと上がった。その真下に居るおはなは悟られまいと身動きもできず、息を潜《ひそ》めた。

すると、それからすぐに、

「寛助……」

という声が庭の向こうから聞こえて来た。

その声には、聞き覚えがある。

「旦那、そんな所からどうしたんです……」

寛助を呼んだのは同心の中畑敬次郎であった。庭の向こうは空き地になっていて、大きな桜の木が立っている。その木蔭に中畑は居るようだ。

慌てて、寛助が縁側から庭へと下りる様子が、おはなの頭上で床が軋《きし》む音によってわかった。

「誰もいねえのか……」

「へい。今はあっし一人で」

おはなの目から、庭の踏石の向こうに、寛助の庭下駄《げた》を履いた足下と、生垣の下から覗く、中畑の紺足袋《たび》に雪駄《せった》が見えた。

この間にそっと土間へ逃げようかと思ったが、庭の方から流れくる、緊迫した殺気のようなものがおはなを捉えて、身動き出来ぬようにした。

「大事ありやせん。周りには人っ子一人おりやせん……。何か起きやしたか」

寛助が声を潜めた。それでも、その声は、すぐ傍に隠れているおはなには、はっきりと届いた。

「紅松《べにまつ》が、また、やらかしやがったぜ」

「また、やらかした……。まさか根岸《ねぎし》の寮で女を……」

「そのまさかよ。連れ込んで首を締めて、やっちめえやがった」

「まったく困った親爺《おやじ》ですねえ」

「だが、これでこっちはまた、金になるってもんだ」

「女は……」

「広小路の甘酒屋の娘で、おいと」

「何とか致しやしょう。骸《むくろ》はまだ、根岸の寮に」

「ああ、置いたままだ。うめえこと運び出してくんな」

「承知致しやした……」

幼いおはなにはよくわからないが、この二人が何やら恐ろしい会話をしていることは察しがついた。

恐くなり、その場から逃げ出そうとして、頭を床下に打った――。

「誰かいるのか……」

その音に、中畑が鋭敏に反応した。

「まさか、誰もおりやせんよ」

中畑の言葉に驚いて辺りを見回したのであろう。ややあって寛助が答えた。

「お前に抜かりがあるはずはねえな。何か人の気配を覚えたが、おれの気のせいか」

「旦那は用心深えから……」

寛助は追従笑いを発すると、

「すぐに参りやす」

慌しく家を出て行った。

人気が無いのを確かめて、おはなも床下を出た。そしてその日は、夕餉の時以外は二階の部屋に閉じ込もってしまった。

少し青ざめて元気のないおはなの様子に、おゆうは「風邪《かぜ》でもひいたのか」と、床《とこ》を敷いて寝かしつけてやった。

ほんの少し家を空けた間に、そんなことが起こっているなど知る由《よし》もなく。

夜も更け、勤めから戻ってきた寛助は、何やら興奮の面持ちで、おゆうを抱いた。

「お前はいい女だ……。お前だけはおれを裏切るんじゃねえぞ……。おれは一目見た時からお前に惚れているのさ……」

譫言《うわごと》のように耳許で囁く夫の腕の中で、おゆうは何度も陶酔に体を震わせたが、元来、幸薄き女の身には、この先に〝何かよからぬこと〟が待ち受けているのではないか……。そんな思いばかりが胸をよぎるのであった。

五

「おはなちゃん、またね……」

手習い子達と、永心寺の境内で別れた時には、空はすっかり黒雲に覆われていて、おはなの心にまで暗い影を落としていた。

友達も出来て、遊んでいるうちは楽しさに何もかも忘れられるようになったおはなだが、一人になると、胸の中にしまいこんだ、昨日のあの記憶が蘇ってくるのである。

養父の寛助は、中畑という役人と、何やらいけないことをしている……。でも、そのことを口にしたら、ひどい目に遭うのではないかと幼な心にも思われて、恐かった。何よりも、あの人形を隠し持っていることが知れてはならなかった。

それでも、誰にも話せず一人で胸に抱えているのは、あまりにも辛い。

そんなおはなに奇跡が起こった——。

「おはな、何やら哀しい顔をしているねえ……」

一人佇《たたず》むおはなを、御堂の向こうから呼ぶ声がしたのだ。

「誰……?」

辺りを見回しても誰もいない。

「捜しても、私の姿は見えないよ」

「あなたは、ひょっとして人形の神さま……」

「ああそうだよ。お前に助けてもらった、あの人形に宿る神だよ」

「先生はうそをつかなかった……」

「あの時はありがとう。お礼に、困ったことがあれば聞いてあげよう。何を哀しんでいるのかな」

人形の神様の正体が、秋月栄三郎であることは言うまでもない。

先日、おはなを送った時に、人形の神様は必ずお前に礼を言いにやって来る、と言ってしまった手前、放っておくのも気がとがめ、編笠《あみがさ》に顔を隠し、そっとこの寺にやって来たのである。

今、御堂の内に隠れ、格子窓からおはなを覗き見て、栄三郎は語りかけている。声色を使って、人形の神様になっている自分に笑いをこらえつつ——。

「神さま、誰にも内緒にしてください……」

しかし、おはなは大真面目《まじめ》で、ベソをかきながら、人形の神様に縋《すが》りつくように小さな声で訴えた。

「わたし、聞いてしまったの……」

それから、辺りに誰もいないのを確かめて、ひとつひとつ思い出して語るおはなの話に、栄三郎の顔色がみるみるうちに厳しくなった。

　意味を良く解してはいないが、頭のいいおはなは、中畑と寛助の話した一言一句をきっちりと覚えていた。

「おはな、それはね、お前のお父つぁんが、中畑というおじさんと、お相撲の話をしているのだよ」

「そうなの……」

「紅松というおじさんが、首を締める技はしてはいけない約束なのに、やっちまったと、怒っているのさ」

「甘酒屋のおいとという娘さんは？」

「女だから、相撲には入れてやらないよと、言っているのさ」

「なんだ、おすもうのことなの？」

「おはなは小さいからまだわからないのだよ。でも、この話は誰にも言っちゃあいけないよ」

「誰にも言わない」

「人形の神様に打ち明けたことも」

「もし、みつかったら？」

「何も聞こえなかったと言えばいい。そして、みな忘れてしまいなさい。わかったね」

おはなは、何度も頷いた。

「おはな、約束したよ……」

栄三郎は、おはなに気取《けど》られないよう、そっとその場を離れた。

やがて人形の神様がいなくなったことに気づくと、おはなは、

「なんだ、そんなことだったのか。やっぱり人形の神さまは、わたしを助けにきてくれたわ」

たちまち元気になって家路を急いだ。

それとは裏腹に、逃げるようにその場から立ち去る、編笠の栄三郎の心は揺れていた。

中畑と寛助は、明らかに悪事に手を染めている。〝紅松〟というのは、浅草諏《あさくさす》訪《わ》町にある紅屋《べにや》の主・松之助《まつのすけ》のことに違いない。

ここは、白粉《おしろい》や髪油なども商う大店《おおだな》で、その名は男の栄三郎でも知るほどである。

〝根岸〟に〝寮〟を持てる身となると、紅松の主なら頷ける。ここで〝広小路の甘酒屋の娘・おいと〟を連れ込んで首を締めて殺した——それを、中畑と寛助が

もみ消してしまおうとする相談。

「おはなはその悪巧みを聞いたのに違いない」

危害が及ばぬうちにおゆう、おはな共々、連れ出そうかと思ったが、相手は町方同心とその手先だ。子供が聞いていたというだけでは、どうにもならない。今は、おはなが黙っていれば手を出すまい。

だが、あれこれ考えれば考えるほど、おゆうとおはなの身が案じられた。

——おはな、人形の神様が先生に、町方役人との間を取り次いでやってほしいと頼んできなすったよ。

栄三郎は心の中で呟くと、一路、京橋竹河岸へと向かった。

荒物屋〝竹茂〟には今日も茂兵衛の姿があった。

「親分、すまねえが、前原の旦那とつないじゃあくれねえか、栄三が折り入って話があるってなあ」

栄三郎は店へ入るや、茂兵衛にそう伝えたものだ。

「先生が旦那に用があるとはお珍しいや」

茂兵衛は竹細工の手を止め、にこやかに栄三郎を見たが、すぐにただならぬことと察し、

「へい、畏まりやした……」

と、大きく頷いた。

さて、その頃――。

前原弥十郎は、見廻りの途中、若い娘が首を吊って死んでいるという報《しら》せを受けて、浅草元吉町《もとよしちょう》に向かっていた。

吉原《よしわら》から北にほど近い、田圃《たんぼ》に囲まれた町屋の一角にある空屋で、その娘は見つかった。

昨日のこと。浅草広小路の甘酒屋のおいとという娘が、行方知れずになったという届けが番屋にあったことを、弥十郎は覚えていて、まさかと思い出向いたのだが、空屋に到着してみると、すでに中畑敬次郎が手先の入谷の寛助を従えて検分をしていた。

「おう、弥十郎、お前も来たか」

弥十郎の顔を見るや、中畑は親しい口を利いてきた。代々の同心で、見習いの頃は、あれこれ引き立ててくれた十歳ほど年長の中畑に、弥十郎はどうも頭が上がらない。

「おいとという甘酒屋の娘じゃねえかと思いましてねえ」

「流石《さすが》は弥十郎だ。御明察だよ」

「では、やはり……」

「届けが出ているのはおれも知っていたよ。それで、寛助に当たらせたんだがな」

　と、中畑はすでに寝かされて頭から菰《こも》をかけられているおいとの亡骸《なきがら》の横に控える寛助の方へ顎《あご》をしゃくった。

「おいとは、ちょっと前から男に袖にされて、ふさぎこんでいたってえいますから、これは手前で首を括《くく》ったのに違いありません」

　寛助は弥十郎に畏まって報告をした。

「おいとの親は、娘に変わった様子はなかったと言っていたが……」

「弥十郎、子供ってもんは、親の前じゃあ、本心は見せねえもんだよ」

　中畑は弥十郎の疑問に、さっと蓋をするかのように答えた。中畑がそう処理をしたなら、引き下がるしかない。

「それもそうですね。では私はこれにて……」

　わざわざ来るんじゃなかったと、弥十郎は苦々しい思いで空屋を出た。

それから、どうもすっきりとしないまま、見廻りを続けながら、茅場《かやば》町の大番屋へ立ち寄ったところ、そこに竹細工の茂兵衛が弥十郎を待ち受けていて、秋月栄三郎が会いたがっていると告げたのである。

六

「中畑様、親分……。まことに申し訳ないことをしてしまいました……」

松之助は涙を流しながら、額を畳にこすりつけ、何度も何度も不様に頭を下げた。

松之助の前には、中畑敬次郎と入谷の寛助が居て、苦笑いに顔を歪めている。

そこは、上野の山の北にあって、音無川《おとなしがわ》の清流に洗われた景勝の里根岸に立つ、紅屋松之助の寮であった。今、この別邸には三人だけしかいない。

「おぬしと我らは最早一蓮托生《いちれんたくしょう》の間だよ。だが、そう何度も庇《かば》いきれぬぞ」

中畑の言葉に、ほっそりと役者のようになだらかな肩を震わせて五十男の松之助が泣きじゃくる。

「はい、本当に今度が最後と……」

この松之助――大店の主で商《あきな》いもそつなくこなす男なのであるが、生来女好きでいつしか色里の遊びにも飽き、素人《しろうと》の若い娘に触手を伸ばすようになった。女房に死に別れてからは後ろ髪を引かれることもなくなり、漁色は止《とど》まるところを知らず、十七、八の娘に目をつけると、新しい紅を試してみないかと、礼金をちらつかせてこの根岸の寮に連れ込んでことに及ぶのである。

ところが三年前、意のままにならず、激しく抗《あらが》う娘を、この色情狂は首を絞め、力ずくで犯そうとして誤って殺してしまった。

慌てた松之助は、互いの親の代から付き合いのある、同心・中畑敬次郎に頼んでこれを揉《も》み消してもらった。娘は物盗《ものと》りに遭い、絞殺されたと処理され、別件で捕えた咎人にその罪を被《かぶ》せてしまったのだ。

そしてまた、今度の一件である。

甘酒屋の娘・おいとは、男に袖にされて気を病み、首を吊ったと処理された。寛助が寮から密《ひそ》かに運び出し、空屋に吊るしたのである。

この謝礼に、中畑へ新たに百両、寛助に二十五両が支払われた。三年前から月々心付けが手渡されていて、今ではこの三人、切っても切れぬ間柄となっている。

中畑と寛助の〝目こぼし〟は紅松に限らないが、こういうことがあるから、三十俵二人扶持《ぶち》の中畑はともかく、寛助はおゆうに豊かな暮らしをさせてやれるのだ。荒物屋の茂兵衛のように、通常は女房に店のひとつもさせていないと、同心の懐から出る物の他、決まった給金など得られない御用聞きが、いかに凄腕で商人から付け届けがあっても、あのような暮らしは出来ない。

「おぬしもどうだ、寛助のように後添えを迎えたら。少しは落ち着こう」

「寛助親分は一人の女にこだわるのがよろしいようですが、私はもう女房など面倒で……」

気持ち悪く笑みを浮かべる松之助を見ると、いずれ第三の被害者が出るかもしれない。

それでも、一度足を踏み入れた泥沼からは出られない。何がおころうが、どんな手を使ってでも、金のために悪事を握り潰すつもりの、中畑と寛助であった。

こうして秘密裏に、大金を得た寛助は、揚々として入谷の家に戻った。

「おゆう、新しく着物を誂《あつら》えたらどうでえ、ちょいと、気を使ってくれる旦那がいてな」

迎えに出たおゆうに、寛助はまず告げた。

「嬉しい……。お前さんがそう言って下さるなら……」

いい女だ――前の女房のお沢は、喜ぶ前にその金をどうしたと、しつこく聞いてくる女であった。女手ひとつで寛助を育て、若くして死んだ亡母の面影漂う女であったのに、ひたすら愛そうとする寛助の想いにいつも水をさした……。

「だが、おゆうは違う……」

心開かぬ娘が気に入らないがと、寛助は庭へ出て、向こうの空き地で遊ぶおはなの姿を目で追った。

そして、ふっと振り返った時、床下に何やら白い物が見えた。踏石の向こうに手拭い包みがあるようだ。

隠したはずの人形を、猫か鼠《ねずみ》が悪戯《いたずら》をしたか――。おはなの秘密が明らかとなった。

寛助は、手を伸ばし、これを取り出して、手拭いに包まれた件の人形を確かめた。

「こんな所に隠してやがったのか……」

この人形は、おゆうに買ってもらった、おはなにとっての宝物なのであろうが、何不自由無く、物を買い与えているつもりの寛助には、どうも気に入らない。

「いや、そうか、あの時……」

寛助の脳裏に、ある記憶が蘇った。

ここで中畑敬次郎から、紅松の〝おいと殺し〟について報された時のことである。

「あの時、中畑の旦那は……」

一瞬、はッとして「誰かいるのか」と聞いた。誰も居るはずはなかったが、子供の柄ならこの床下に潜んでいられよう。

「そうか、そうだったのか……」

寛助の、空き地にいるおはなを見る目つきが、たちまち険しいものとなった

――。

その二日後のこと。

日暮里《にっぽり》道灌山《どうかんやま》に、寛助はおはなを連れて遊山《ゆさん》に出かけた。

道灌山は、江戸城を築いた太田道灌《おおたどうかん》の出城があったと言われる高台で、月見や、虫の声を聞きに来る人々で賑《にぎ》わう、眺望良き名所である。

二日前の夜。寛助は夕餉の後、手拭いに包まれていた、件の市松人形を見せて、

「お前がそれほどまでに大事にしていた人形を捨てちまうなんて、すまなかったな……」

と、おはなに優しい目を向けた。

秘密を暴かれたと戦々恐々たるおはなは、寛助の意外な言葉に驚いた。

「この前、中畑の旦那と、お父つぁんが庭で話している時、お前は縁の下に隠れていたよな」

そう言って笑いかけられ、おはなは思わず頷いてしまった。

「でも、何にも聞こえなかったわ……」

それでも、あの日、人形の神様に言われた通り、何も聞いていないとしどろもどろに答えるおはなであった。

「そうかい。まあそんなことはいいが、お父つぁんは、その人形に申し訳ねえことをしたから、お前と人形を遊びに連れていってやろうじゃねえか」

そうして、今、寛助はおはなを連れ、父子で景色を楽しんでいるのである。

おゆうはこの日、寛助の勧めで、世話になった〝八のや〟の老夫婦を誘い、芝

居見物に出かけていた。

寛助がおはな一人を連れて出かけることに、おゆうは戸惑いを見せていたが、あんまり寛助が言うので、たまに父親と二人出かけるのもよかろうと、おはなを託したのであった。

「おはな、こっちへ来な。もっといい景色を見せてやろう」

寛助は、生《お》い繁《しげ》る木立《こだち》の中へ、おはなを誘った。木立の向こうには空が広がり、そこが高台の頂に通じていることが窺《うかが》い知れた。

「ほら、空がすぐそこだよ……」

寛助は木立の行き止まりに立って、おはなに頬笑んだ。

そこは切り立った崖になっていて、真下には音無川の清流が緩やかな曲線を描いているのが見える。

おはなは二の足を踏んだ。ここまでは、恐かった義父が、人形を返してくれたばかりか、これを捨てたことを詫《わ》び、野遊びに連れて来てくれたことが嬉しくて、言われるがままについてきたが、日も暮れ始めたというのに、高処へ誘う寛助の様子に不審を覚え始めていた。

木立の中は薄暗く、人気《ひとけ》が無い。

「どうした、おはな、こっちへ来ねえか……」

にこやかな寛助の、その目の奥は笑っていなかった。人の顔色を見て暮らしてきたおはなには、そこに〝悪意〟が見えた。

――やはりそうだ。野郎はあの娘を崖から川へ落とすつもりだぜ。

木立の一隅で、身を潜めつつ、寛助の様子を見て心の内で呟いた男が居た――

〝竹茂〟の茂兵衛である。

「町方のことは、町方でケリをつけてくれませんかねえ……」

〝人形の神様〟として、おはなから、中畑と寛助の悪事を知らされた秋月栄三郎は、そう言って、前原弥十郎に取り次いだ。

驚きつつも、おいとの死に疑問を抱いていた弥十郎は探索に乗り出した。

役人同士のこと。確実に罪を暴かないと、面倒なことになると、弥十郎はまず寛助の周辺を茂兵衛にあたらせた。

張り込み、尾行には卓越した腕を見せる茂兵衛である。まんまとこの木立の中に行き着いたというわけだ。

木立の外には、遊客の浪人風に身を俏《やつ》した弥十郎と、弥十郎が懇意にする老練の臨時廻り同心・中沢信一郎《なかざわしんいちろう》が、茂兵衛の乾分からの連絡を受けて駆けつけている。

寛助がおはなを連れ出したと聞き、居ても立ってもおられぬ栄三郎も、これに同行していた。

——どうしようもねえ悪党だ。

茂兵衛は、呼び笛《よぶえ》を咥《くわ》え、一尺ばかりの竹棒を握りしめた。中には重しが入っており、投擲《とうてき》の武器となるのだ。

「おはな、何をやっているんだ。早く来いよ」

「わたし、こわい……」

「何を怯えているんだ。お前はお父つぁんに嘘《うそ》をついたな。本当は、中畑の旦那とお父つぁんが話しているのを聞いていたのだろ」

「ごめんなさい……。人形の神さまが、おすもうの話を聞いたことは、だれにも言ってはいけないって……」

おはなは、足を竦《すく》ませて泣き出した。

「相撲……？　人形の神様だと……。おまえはどこまで嘘つきなんだ！　さあ、こっちへ来い」

寛助は、蛙を睨む蛇の如《ごと》く、おはなの動きを封じ、ゆっくりとにじり寄った。

茂兵衛は大樹の蔭からこれを見て、竹の棒を握る手に力を込めた。

甘酒屋の娘おいとが、首を吊った状態で見つかった二日前の夜。根岸の里でおいとの姿を見たという近在の百姓が居ることも、弥十郎の指揮の下、茂兵衛はすでに摑んでいる。

「人形の神さま……。助けて下さい……。おっ母さん……！」

「さあ、来い！」

寛助が今にも、おはなの肩に手をかけようとした時である。

茂兵衛が潜む大樹の反対の方から、大声でおはなを呼ぶ声がしたかと思うと、凄まじい形相《ぎょうそう》で駆けつけて来た女が一人――おゆうである。

「おはな！」

「おっ母さん！」

「その子に手をかけたら承知しないよ！」

母親の声で呪縛が解けたように寛助の前から逃げて来たおはなを抱きしめて、おゆうは、寛助を睨みつけた。

今まで一度たりとも、寛助に口ごたえしたことのなかった従順な女が、我が子に向けられた夫の殺意に、敢然と立ちはだかったのである。

「おゆう……。お前、どうしてここへ来た……」

芝居見物に行かせたはずのおゆうではなかったか。〝八のや〟の小父《おじ》さん、小母《おば》さんも喜んでくれるよと、朝は笑って出かけたではないか――寛助は、おゆうの意外な登場にうろたえた。娘のおはなは始末して、恋女房のおゆうと、今度こそ夫婦として添い遂げるつもりの寛助であった。

「どうしてかわからない。何だか胸騒ぎがして、芝居どころではなくなったんだよ……」

「おゆう、お前、何か思い違いをしているようだぜ……」

「近寄らないでおくれ！」

「何だと……」

「ここへ辿《たど》りつけてよかった……。お前さんのこの子を見る顔は鬼のようだったよ。この子のためになると、お前さんの後添えになったけど、料簡《りようけん》違いだった……。見損なったよ！」

寛助の顔が醜く歪んだ。

件の竹の棒を投げつけようと、意を決した茂兵衛の視界に、少し離れた木蔭から様子を窺っている弥十郎の姿がとびこんで来た。

おゆうの叫び声を聞きつけ、茂兵衛の呼び笛を待たずに、栄三郎、中沢信一郎と共に、木立の中に忍び入ったのである。

目を凝らすと、散らばりつつ姿を隠す、中沢と栄三郎の姿もとらえられた。

弥十郎は、まだ出るなと茂兵衛に合図を送った。

この時点で完全に囲まれてしまった寛助は、栄三郎があの日見た、きりりとして腕っ節の強さで職人二人を半殺しにした男とはまるで別人のように取り乱していた。

「見損なった……。おれがどれだけお前を大事にしてきたか忘れたのかい……」

「娘を殺そうとして何が大事だい」

「殺すつもりなどなかった。おれは人形にしか心を開かねえ、おはなのひん曲がった心を正そうとして……」

「お前さんにそんなことが言えるのかい。お前さんだって、わたしを人形のように扱ったんだ。死んだ女房に似ているからってね」

「死んだ女房？」

「わたしがそれを知らないとでも思ったかい」

「そうかい……」

寛助は、自嘲の笑いを浮かべた。

「お袋はおれを裏切らなかった。それなのに、どうして女はこう、いきなり変わりやがるんだ。ちょっと前までおれの腕の中でよがり声をあげていたと思ったら今度はああだこうだと罵《ののし》りやがる。おゆう、悔しいぜ。お前がお沢の二の舞になるとはよう」

「ひょっとして、前のお沢さんは……」

「あんたのことは何でも知りたい、なんて吐《ぬ》かしやがるから、おれと旦那の人に言えねえ隠し事を打ち明けてやったんだ。そうすると、あの女、おれをなじりやがって……。だから、王子の滝壺に、おれがたたき落としてやったのよ」

寛助は、おゆうの心を失ったという悲憤にすっかりと我を忘れていた。そこには用心深い、御用聞きの親分の鋭さはない。若くして死んだ母への憧憬《しょうけい》が、寛助を恋にはしらせ、それが身の破滅になるとは何と皮肉なことか。

ここまで聞けば充分だと、弥十郎は中沢と目配せをして、寛助の前に姿を現した。

「その話の続き、ゆっくりと聞かせて貰うぜ」

「な、何だ手前ら……」

「見忘れたかい。南町の前原弥十郎を……」

「おれは中沢信一郎だ。入谷の寛助、神妙にしろ」

「う、うわァ——ッ」

女の愛想尽かしに取り乱した己《おの》が不覚を今思い知り、寛助は、最後のあがきでおゆう、おはなを人質にと駆け寄るが、それへさして投げつけられた茂兵衛の竹の棒に足を打たれよろめいた。

「恥を知れ！」

そこへ飛び出た栄三郎が、母娘を庇い、大刀の鐺《こじり》で寛助の鳩尾《みぞおち》を丁と突いた。

寛助は、「先生！」と泣き縋るおはなの叫び声を耳にしつつ、その場に崩れ落ちたのであった。


それからしばらくの後——江戸の町に木枯しが吹き荒れた夜のこと。

京橋東詰にある居酒屋〝そめじ〟で、酒を酌み交わす、秋月栄三郎と前原弥十郎の姿があった。

蘊蓄を語り、説教好きであるこの役人とは、間違っても二人で飲みたくないと思っていた栄三郎であるが、今度ばかりは誘われて嫌とは言えなかった。

南町の古株で、与力でさえ一目置いていた、〝うるさ型〟の同心・中畑敬次郎の不正を許さず立ち向かった弥十郎を、見直してやらねばなるまい。

「前原の旦那、お手柄でしたねえ」

「身内の恥をさらして、お手柄も何もねえよ。お前の子供に対する優しさあってのことだ。栄三先生、お蔭で南町の膿《うみ》を出すことができたよ。ありがとうよ」

今日はやたらと、殊勝《しゅしょう》な弥十郎であった。

入谷の寛助は、前の女房・お沢殺しの罪を問われ、取り調べを受け、家から見つかった手付かずの二十五両は、〝紅松〟が両替商に預金していたものであることが、施されてあった封印によってわかった。

この金の謂れを問われ、ただ、日頃の礼に貰ったものだと寛助は嘯《うそぶ》いたが、南町の方では、寛助の勾留《こうりゅう》と同時に、奉行所内に中畑敬次郎の身を拘束した上で、紅屋松之助を徹底的に取り調べ、中畑敬次郎にも百両の金子《きんす》が渡っていることを突き止めた。

さらに、色情狂の松之助が殺したおいとの遺品——櫛《くし》、手拭いなどを、今まで交わった女の〝体毛〟などと共に、根岸の寮の一角に隠していたのを見つけ、二件の殺人と、これを中畑に隠匿してもらったことを白状させた。正直に言えば、打ち首だけは許してやると持ちかけられ、生まれながらの若旦那で大きくなった松之助は、あっさりと何もかも白状したのだ。

「打ち首は免《まぬか》れても、何不自由なく育った色狂いが、牢《ろう》へ入れられ、島へ流されるんだ。生き地獄を味わうだろうよ」

今も、中畑と寛助の取り調べは続いているが、いずれにせよ極刑は免れまいと、弥十郎は栄三郎に告げた。

「まあ、そんな風に事は何とか収まりそうだ。栄三先生に一言礼を言っておかねえと、後で何を言われるかわからねえからな」

「素直じゃありませんねえ、旦那も……」

「おはなはまた、お前の所へ手習いに来るんだってなあ」

「ええ、地主殿が世話を焼いてくれましてね」

栄三郎から話を聞いた、田辺屋宗右衛門は、ちょうど住み込みの女中を探していたところだと、おゆう、おはな母娘の身柄を引き取ってくれたのだ。

「そいつは何よりだ」

「何もかもすっきりしたってところですね」

「いや、ひとつだけすっきりしねえことが……」

「何です？」

「おゆうは、それまで寛助の悪事を何も知っちゃあいなかったというのに、どうしてあの日、芝居見物に行かずに、寛助とおはなの姿を捜しに行ったんだ」

「何か胸騒ぎがしたとおゆうは言っていましたが……」

「胸騒ぎだけで片づけられるか」

あの日の、おゆうのいきなりの登場には、同心の中沢信一郎も〝竹茂〟の茂兵衛も随分と驚かされたものだ。

「お蔭で寛助は、あれこれ余分に、おれ達の前で手前の悪事を喋りやがったんだが……」

「それはきっと女の勘ってやつですよ」

「女の勘……。それじゃあ、同心も岡っ引きも女の方がいいってことにならあ」

「そういう勘とは違うんですよ。親父《おやじ》がこんなことを言っていましたよ。女は二つの勘が神の如く勝《すぐ》れていると」

「二つの勘？」

「ひとつは、惚れた男の心変わりに、もうひとつは、腹を痛めた我が子が危ねえ目に遭いそうな時に……」

「とてつもねえ勘が働くってえのか……。いや、わからねえでもねえが……」

「そういうことでいいじゃぁありませんか。旦那はどうも理屈っぽくていけませんや」

「それがおれの性分《しょうぶん》なんだよ」

弥十郎は、腕組みをした。

そこへ、他の客の注文に忙しくしていたお染が一息ついたか、二人が飲んでいる小上がりへと寄って来て、

「栄三さん、聞いたよ。お前さん、〝人形の神様〟なんだってねえ」

と、からかうように言った。

笑ってはいるが、どこかつっかかるような様子である。

「お染、お前どうしてそれを……」

横で、弥十郎が笑い出した。

「旦那、その話は内緒の約束ですぜ」

「勘弁してくれ。お前が小《ち》っせえ子供相手に声を変えて神様になっている様子を思うとおかしくて、つい喋っちまった……」

やっぱりこのクソ役人と関わるのはよそう、と思いながら、

「お染、お前には関わりのねえことだ」

言い返しつつ、顔が赤くなる栄三郎であった。

「おゆうさんっていうんだって、その子の母親は。なかなかいい女なんだってねえ。よかったじゃないか、下らない男と別れてさ」

お染はからかいの手を緩めない。

「お染、思い違いもいい加減にしろい」

「おやおや、そういう顔が赤くなっているよ」

「店の中が暑いからだよ」

「先生、わかったぜ」

「何がだよ」

こうなると、弥十郎に喋る言葉もぞんざいになる。

「これが女の勘ってやつだな」

「何だい、その女の勘って?」

「だからお染、お前には関わりのねえことだって言ってるだろう」

火照《ほて》った顔を冷まそうと、栄三郎は小窓を開けた。

途端、木枯しが舞い上げた道端の枯れ葉が、ピシャリと栄三郎の頬を打った。

何やらお染にはたかれたような心地がして、

――おれはおはなの身を案じただけだ。それより他は何もなかった。うん、下心など断じてなかった。

栄三郎は何度も、自分の胸に聞いてみるのであった。

第三話

若の恋

一

江戸に初霜が降りた。

この時分になると、世間は年の瀬に向かって、少し落ち着かなくなる。

「市村《いちむら》座新狂言番付ェ……」

などと、町の端々で、頭に置手拭い、縞《しま》の半纏《はんてん》に尻を端折《はしよ》り、紺の股引《ももひ》きをはいた番付売りが〝顔見世狂言〟を盛り上げる。

そんな冬の日の昼下がりのこと――。

秋月栄三郎は、本所石原町《ほんじょいしわら》の北方にある旗本三千石・永井勘解由《ながいかげゆ》の屋敷に、用人・深尾又五郎《ふかおまたごろう》を訪ねた。

昨日、京橋水谷町の〝手習い道場〟に、剣友・松田新兵衛がやって来て、

「深尾殿が手すきの折に是非、栄三郎に来てもらいたいと言っておられたぞ」

と、告げた。

栄三郎、新兵衛の師・岸裏伝兵衛が、以前、永井家に出稽古に行っていたことから、二人共に深尾とは親交があり、このところ新兵衛は、深尾の招きで屋敷の

武芸場へ剣術指南に赴《おもむ》いていたのである。
以前、永井家に婿養子として迎えられた、塙房之助《はなわふさのすけ》の、生き別れになってい
た姉・久栄《ひさえ》を、深尾の依頼で密《ひそ》かに見つけ出した栄三郎であった。
それから、何度となく〝取次〟の相談を深尾から受けるようになっていたか
ら、
「手すきの折に……」
などと言われると何とも気になる。手習いを終えると早速やって来たというわ
けだ。
「これは御足労をおかけしましたな」
己《おの》が見込み通り、すぐに栄三郎が訪ねてくれたことを大いに喜んで、深尾は栄
三郎を御長屋の自室へと招いた。
「いやいや、急ぎの用でもござらぬでな。まずはゆるりとなされよ……」
と、茶菓子でもてなし、世間話など始める、いつも変わらぬ深尾の篤実《とくじつ》な様子
に、栄三郎はたちまち和《なご》やかな心地となった。
「岸裏先生が俄《にわか》に廻国《かいこく》修行に旅立たれて、早や五年にもなりますなあ」
気楽流の同門である俊英・飯塚徳三郎《いいづかとくさぶろう》が、武者修行に出て大いにその名声を世

に轟《とどろ》かせたことに刺激を受け、突如として道場を畳みこれに倣《なら》った伝兵衛――その後、栄三郎達門人には連絡があるわけでもなく、甚《はなは》だ素っ気ないのだが、深尾又五郎には時折、文が届くという。

それによると、伝兵衛は、

「今は上州で、博奕《ばくち》打ちの家に厄介《やっかい》になっていると書いてありました」

そうである。

博奕打ちの喧嘩《けんか》を仲裁したことで、連中から尊敬され〝俠気《きょうき》〟たるものは何かを、説いて暮らしているらしいのだ。

「いかにも岸裏先生らしゅうござるな」

「新兵衛にその代役は勤まっておりますかな」

「はい、それはもう……。だが、松田殿曰《いわ》く、人に物をわかり易《やす》く教えることにかけては、秋月栄三郎の方が上だと……」

「ははは、持つべきものは友でござるな」

それは、剣友を引き立ててやろうという、新兵衛の方便だと、栄三郎は一笑に付した。

「左様でござるかな……」

「左様でござる。剣のことは新兵衛に、萬《よろず》のことは、この栄三郎にお申し付けのほどを……」

栄三郎は、深尾が〝急ぎではない〟と言った用件に話を進めた。

「ならば、そろそろお話し致そうかな」

深尾は大きく息をついて、少し威儀《いぎ》を改めた。

「常のことでござるが……」

「わかっております。くれぐれも他言は致しませぬ」

「忝《かたじけ》ない……。実はな……」

「はい」

「少し前より、町の娘に惚《ほ》れてしまいましてな……」

「御用人が……!」

「いや、某《それがし》ではござらぬ」

「紛らわしい言い方をなさりますな」

「わァッ、はッ、はッ……」

相変わらず、深尾は真面目な顔をして冗談を言う。

物を頼む時は、まず場を和ませてからという、深尾のいつもの手なのである

が、深尾なら、

「町の娘に惚れたとて、さのみおかしゅうはござりませぬゆえに」

と、栄三郎は切り返した。

「もう、そのような気力は失《う》せてござるよ」

栄三郎の言葉に、深尾は少し嬉しそうに笑った。

「惚れてしもうたのは、某では無《の》うて、浅草の辰之助《たつのすけ》様でござってな」

〝浅草の辰之助〟というのは、当家の主・永井勘解由の弟で、浅草森下《あさくさもりした》の南方に屋敷を構える、永井内蔵助《くらのすけ》の嫡男・辰之助のことである。

つまり、永井家の分家の若様が、まだ嫁取りもせぬ身で、町場の娘に惚れてしまったというのだ。

「ほう……。その辰之助様は、放蕩《ほうとう》をされているのですか」

「いや、これがなかなか文武に秀《ひい》でられた涼やかな御方でござってな。まだ御歳《おんとし》二十二。某などは、少しくらい遊びに羽目を外すことがあってもよいのではと、思うほどのことじゃ」

「そのような若様なら、浮ついた気持ちで、娘に惚れたわけでもござりますまい」

「それでござるよ……」

辰之助は、月に数度、向島弘福寺《むこうじまこうふく》裏手の淵崎村に隠棲する国学者・今井長道《いまいながみち》の下に通い、その講義を受けている。

向島に行くには、竹町《たけちょう》の渡し場から船に乗る。師の講義を受けるに供連《とも》れで行くのは不遜であると、辰之助はこの渡し場で供侍を帰してしまうのであるが、船を待つ間や、帰りに少しの間休息する掛茶屋の娘に心惹《ひ》かれたようなのだ。これがまた器量、気立て共に申し分のない娘らしい。

「茶屋の娘にねえ……。そのことを、御用人は辰之助様御本人から、お聞きなされたのでござるか」

「いや、いかに某が本家の用人を務めていると申しても、辰之助様とは、それほどこみ入った話が出来る間ではない。むこうの家中に、大山甚兵衛《おおやまじんべえ》という、口うるさい男がおりましてのう……」

大山甚兵衛は、永井内蔵助の用人で、齢《よわい》六十にして、身体壮健。律儀《りちぎ》者、一徹者を絵に描いたような男である。

生来病弱の内蔵助は、息子の辰之助の傅《めのと》に甚兵衛を充《あ》て、この忠義に厚い硬骨の士は、身命をなげうって辰之助を撫育《ぶいく》し、よく仕えてきた。

その甲斐《かい》あって、男子に恵まれなかった、伯父・勘解由が羨む立派な跡取り息子に辰之助は成長したのである。

「若の御為《おため》とあらば、いつでもこの命を賭《と》する覚悟」

と、二言目には口に出す大山甚兵衛を、年頃となっても辰之助は煩《うるさ》がらず、面倒がらず、何かというと、

「爺《じ》ィ、爺ィ……」

と、親しみをこめて労《ねぎら》うので、甚兵衛はますますこの〝若〟のために、死にたくて死にたくて堪《たま》らなくなっている。

「その大山甚兵衛が今一番、気にかかっているのが、辰之助様の嫁取りというわけじゃ……」

このところ、内蔵助は体調が優れず、奥で臥《ふ》せりがちで、気が急《せ》くのか辰之助の縁談を、本家とも相談して早く進めるよう、甚兵衛に申し付けていた。

同じ思いの甚兵衛は、

「若、そろそろ奥方様を、お迎え致さねばなりませぬな。万事この甚兵衛にお任せ下さりますように……」

と、にこやかに申し出たところ、

「嫁のことなら、考えておらぬわけでもない……」

と、辰之助から意外な応えが返ってきた。

「考えておらぬわけでもない……。まさか、若におかれましては、意中の御相手が……」

「まだ、はっきりこうと決めたわけではないが、嫁にすればさぞやよかろうと思われる娘が一人いる」

「な、何と、いつの間にそのような。若、その御相手はいったい、どこのどなたにござりまする。若がそのようにお思いの姫君ならば、間違いはござらぬはず。この甚兵衛がすぐさま話をつけて参りましょう」

という風に甚兵衛がすっかり興奮し、意気込んだところ、

「その、掛茶屋の娘であったわけですか……」

栄三郎はニヤリと笑った。

会ったことのない辰之助、甚兵衛であるが、深尾の話を聞くに、この二人のやり取りが、頭の中にはっきりと浮かんでくる。

「その、大山甚兵衛殿は、若君に打ち明けられて、さぞ驚かれたでしょうな」

「いかにも。大いに驚いた後、今度は怒り出し、ついには嘆《なげ》き悲しんだ」

用人を務める大山甚兵衛にとっては当然のことであろう。

分家といえども、永井内蔵助は八百石取りの旗本である。拝領屋敷は五百坪あり、両番所付きの長屋門を構えている家柄である。

渡し場の片隅の茶屋で働く娘など、この家を継ぐべき辰之助の妻に迎えられるはずがないではないか。

さらに、婚姻は、八百石の御家を、千石、二千石に大きくして行くための手段にも成りうる一大事でもあるのだ。

「大山殿はもってのほかと……」

「うむ、赤鬼のような面相となり、辰之助様を諫《いさ》めたそうな」

「掛茶屋の娘風情を嫁にはできぬと……」

「左様」

「若がそのようにお思いの姫君ならば、間違いはござらぬはず……。大山殿はそのように申されたのでは？」

「それはそれ、これはこれでござるよ」

「大人の理屈でござるな」

「仕方あるまい」

「それで辰之助様は、諫められて何と……」

「決して言葉を荒らげることなく、いい娘なのだがな。会えば爺ィも気に入ると思うがのう……。そう、にこやかに申されたとか」

「ほう……」

もとよりそのような娘に会うつもりはござらぬ――甚兵衛がなおも、辰之助を諫めると、

「わかったわかった、嫁のことなどまだ先の話でよい」

辰之助は、火吹き達磨《だるま》の如《ごと》く、熱く訴える甚兵衛をさらりとかわして、それきり娘の話はしなくなったという。

「辰之助様は、なかなか巧みな御方にござりますな」

「まことにもって……。今は事を荒立てず、外堀から埋めていくおつもりかも知れぬ」

「大山甚兵衛殿は、内心穏やかではないのでしょうね」

「いかにも……」

町の茶屋娘などもってのほか、会うつもりもないと言い切ったものの、辰之助が見込んだほどの娘である。気になって仕方がない。

思うにままならないこともあるのは、旗本の世継として生まれてきた宿命である とは思うが、この世にあって何よりも大事な存在である辰之助の願いは、どんなことでも叶《かな》えてさしあげたい……。

悶々《もんもん》と胸の内に悩みを抱えた甚兵衛は、誰かにこのことを相談したくて、

「某を訪ねて参ったというわけじゃ」

深尾は、栄三郎にニヤリと頷《うなず》いた。

「なるほど、話はよく呑《の》み込めました……」

栄三郎もニヤリとこれに応えた。

「竹町の渡しと申されましたな」

「いかにも」

「娘の名は」

「い、おちよと申して、葭簀《よしず》張りの小さな茶屋で、老爺《ろうや》の下で働いているとか」

「まず、この栄三が、茶を飲みに行って参りましょう」

「そうして下さるかな。これは、その茶代でござる」

深尾は栄三郎の前に、二両分の金子を置いた。

二

「若、お気をつけてお出かけ召されませ。若にもしものことがあれば……」

「爺ィ、その言葉はもう二十年聞いておる。いい加減新調致せ」

「では、どのように申せばよろしゅうございましょう」

「そうだな、道々考えておこう……」

旗本屋敷の玄関で、主従の頰笑《ほほえ》ましい会話を交わしているのは、永井辰之助と、大山甚兵衛である。

この日、辰之助は、向島へ国学者・今井長道の講義を受けに出かけた。

大仰《おおぎょう》に供を連れて出るのを辰之助が嫌うだけに、心配性の甚兵衛の口は忙《せわ》しなく動き続けるのである。

先日、辰之助から、竹町の渡し場に出ている掛茶屋の娘を気に入っている、嫁には出来ぬものかと告げられ、とんでもないことだと諫めたことが、未《いま》だに頭の中に引っかかる甚兵衛は、今日の辰之助の外出が気になって仕方がない。

辰之助がおちよという娘を気に入ったからといって、別段、何の行動を起こしたわけではない。

ただ、船を待つ間、帰りの休息のほんの一時、茶を飲み、一言二言おちよという娘と言葉を交わすだけのことである。

改めて、これを咎《とが》め立てもできまい。

「若、町の娘に現《うつつ》を抜かすことの無きように」

と、釘をさしておきたい気持ちをぐっと堪《こら》えて、甚兵衛は玄関脇に控える、若《わか》党《とう》・坂井与五郎《さかいよごろう》を睨《にら》むように見た。

辰之助は渡し場の手前で、与五郎達、供を帰らせ、迎えも渡し場の南にある〝駒形堂《こまがたどう》〟で待つように命じているという。

それだけ、渡し場の茶屋での一時を供に邪魔をさせず、大事にしていることになる。

渡し場での辰之助の様子をそっと窺《うかが》っておくようにと、甚兵衛は与五郎を呼び、特に命じておいたのだ。

「では行って参るぞ……」

辰之助は、いつもと変わらぬ笑顔を甚兵衛に向けると屋敷を出た。

門口に出て、姿が見えなくなるまで、辰之助を見送った後も、甚兵衛はなお落ち着かない。

辰之助から、掛茶屋の娘の話を聞かされて後、居ても立ってもいられぬ甚兵衛は、本家・永井家の用人・深尾又五郎に、これを相談し、おちよという娘がどのような娘か探って貰《もら》うことにした。

深尾は、秋月栄三郎なる町の出の剣客がいて、侍の気持ちを踏まえた上で、こういう調べ事にうまく対処してくれる。

そして、何より信用がおける。

この男に頼んでみようと言ってくれた。

そして昨日――。深尾から連絡があり、秋月栄三郎が一通り調べてくれたゆえに、その報告を一緒に聞こうということになった。

所は、今戸《いまど》橋近くの船宿〝浜屋《はまや》〟――暮れ六ツに来てもらいたいとのことであった。

御家のため、辰之助のためとはいえ、〝若〟に内緒で、その想い人の身辺を人に調べさせるというのは甚兵衛としては内心忸怩《じくじ》たる思いで、落ち着かないのである。

夕刻となり、国学の講義を受けて屋敷へ戻ってきた辰之助と入れ違いに、甚兵衛は今戸橋へと出向いた。

その際、辰之助の供をした、坂井与五郎にそっと尋ねてみると、辰之助は向島からの帰りの船で渡し場に着いた後、件《くだん》の掛茶屋で茶を飲んで一息ついていたようだが、特に茶屋の娘と話すではなし、彼独特のおっとりした表情で、川風を受けてすっかり冷えきってしまった体を温めて、すぐに供の者達が迎えに来ている駒形堂に向かったのだと言う。

辰之助は、茶屋の娘と懇《ねんご》ろになったというのではなく、娘をそっと眺めて、その器量を見極めているのかもしれなかった。

「町の娘に現を抜かすことの無きように……」

辰之助に、こんなことを言わずに、よかったと甚兵衛は思った。

そもそも、辰之助がそんな浅はかな男ではないことは、甚兵衛が一番わかっているはずであった。

「そうは言っても、若はまだまだ世間というものを知らぬ。温和《おとな》しそうな顔をしていて、その実、心の奥には〝蛇〟を潜ませているような女であったら何とするのじゃ」

歳を重ねるということは、あらゆるこの世の〝汚れ〟を知ることである。

それゆえに、愛する者のこととなると、何かにつけて疑い深くなり、気を揉《も》んでしまうのは仕方がなかろう。

甚兵衛は、自分にそう言い聞かせて〝浜屋〟に向かった。

山谷《さんや》堀に面した船宿は、この季節のことで寒々として見えた。

女中に案内されて一間に入ると、すでに深尾又五郎は、秋月栄三郎と共に到着していて、火鉢に炭を継いでいた。

大らかな深尾の挙措《きよそ》に加え、栄三郎のえも言われぬ朗《ほが》らかな表情が、外の寒さが信じられぬほど、部屋を温かくしていた。

「おお、外は寒うござるの。まずお入りなされませ」

深尾は、甚兵衛を招じ入れ、

「この御仁が、例の取次の……」

と、栄三郎の方を見た。

「秋月栄三郎でござる」

居住まいを正し座礼をする栄三郎の姿は、堂々たるもので、それでいて愛想が良い。

そこは、八百石の旗本の用人を務める甚兵衛である。深尾又五郎が信用を置くだけのことはあると一目で看破した。

「大山甚兵衛でござる。この度《たび》は色々と御苦労をおかけ致しましたな」

と、丁重《ていちょう》に挨拶を返した。

「堅苦しいことは抜きに致しましょうぞ」

深尾は女中を呼び、心付けを握らせると、酒の仕度《したく》を頼んだ。

「後は勝手にやるゆえ、鴨《かも》をな……」

この船宿は寒くなると、あっさりと脂《あぶら》ののった鴨を鍋にして食べさせてくれるのだ。

大振りの火鉢には、だし汁に、醤油《しょうゆ》と酒で味付けをした鴨鍋をかけ、小振りの火鉢には湯がたぎる鉄鍋を――ここにちろりを浸けて酒の燗《かん》をつける。

三人だけで、ゆるりと話そうという、深尾の何時《いっ》に変わらぬ心尽しに甚兵衛は恐縮した。

「いや、これは、某の方から御相談致したと申すに、斯様《かよう》なお気遣い、痛み入り申す……」

「それ、それが堅苦しゅうございますぞ」

深尾は愉快そうに笑って見せた。

そうして、深尾らしく、世間話などして、酒と鴨の汁を勧め、すっかり室内の様子を温かなものにすると、件の掛茶屋の娘・おちよのことに話を移した。

「この、秋月先生の見られたところでは、さすがは辰之助様、お目が高いとのことでござるぞ」

「と、申されると……」

甚兵衛は、少し怪訝《けげん》な面持ちで問うた。辰之助が誉《ほ》められるのは嬉しいが、おちよなる娘を見初《みそ》めたことを肯定されるのはあまり面白くない。

「おちよという娘は、まったくもって、良い娘御であるらしい。のう、秋月先生……」

深尾は〝先生〟と立てておいて、話を栄三郎に振った。

「はい。この何日かの間、竹町の渡し場に通って、おちよという娘の様子を窺ってみましたが、心優しく、何事にもよく気がつき、茶代の勘定などを見るに、算《さん》が立ち、読み書き、立居振舞などどれをとってもしっかりとしております」

少し興奮気味におちよの様子を語る栄三郎に、

「ほう……」

甚兵衛は複雑な想いで相槌《あいづち》を打った。

「爺イ、爺イ……」

と、二言目には甚兵衛の姿を捜し、頼っていた辰之助が、いつの間にか娘の気性や動きをしっかりと見極めるようになっていたとは……。

子供と思っていた〝若〟の成長が嬉しくもあり、その相手が何故に掛茶屋の娘なのだという腹立たしさが、甚兵衛の胸の内で絡み合うのだ。

「歳は十八。無論、身持ちの方もしっかりとしております……」

栄三郎は報告を続けた。

「掛茶屋での勤めが終わると、すぐに住んでいる長屋へ戻り、母親の面倒を……。この母親は、おすがと言って、病がちとのことで、遊んでいる暇など無いのでござりましょうな」

「それほどの娘ならば、母親共々家に迎えたいという男は、いくらでもいるのでは」

「はい、今までにそういう者も何人かいたそうですが、おちよは、母親が窮屈な思いをすることを恐れ、尽《ことごと》く申し出を断ってきたそうでござる」

「おちよの父親というのは、どうしたのでござるか」

「はい、これが嘉兵衛《かへえ》と申しまして、かつて人形《にんぎよう》町に〝越乃屋《こしの》〟という菓子店を構えていたとか」

「ほう、〝越乃屋〟……」

　武骨で、菓子など好まぬ甚兵衛であったが、その店の名には聞き覚えがあった。

　この店の〝山月《さんげつ》〟という干菓子は将軍家献上の逸品で、糒《ほしい》の粉に水飴《みずあめ》、砂糖を加え練り上げ、それを型にはめて乾燥させて作る落雁《らくがん》として、武家の贈答品によく使われた。

　それゆえ、御家を切り盛りする用人である甚兵衛も、越乃屋には何度か人を遣《や》って進物にしたことがあった。

「某もそれを聞いて、驚いてしまいましてな」

　深尾が言った。

「なるほど、越乃屋の娘なら、そこいらの町の娘と違うて、それなりの行儀も、習い事も身についていたとておかしゅうはないと」

「う〜む……」

　甚兵衛は唸《うな》った。

　将軍家献上の品を有する越乃屋であったが、十年ほど前のこと――献上品に不備が生じ、これを咎められ、その後、店は左前となった。心労が重なり、おちよの父・嘉兵衛は病に臥せ、遂《つい》には店を手放し、不遇の死をとげたのであった。

「世が世であれば、何不自由のない大店《おおだな》の娘が、まことにもって気の毒な暮らしに、成り果てたというに、このおちよという娘は、そのような翳《かげ》りはひとつも見せず、母親に孝養を尽くして健気《けなげ》に暮らしておりまする」

栄三郎は手放しで、おちよを誉め称《たた》えた。

深尾又五郎からの取次を受け、おちよの身辺をあれこれ窺ううちに、すっかりとこの娘に惚れこみ、おちよを嫁にと思いたった辰之助にまで好感を抱いた栄三郎であった。

話を聞いた深尾又五郎もまた、おちよに会いたくなって、微行《びこう》で件の掛茶屋に行ったところ、たちまちおちよの贔屓《ひいき》となってしまった。

二人は、大山甚兵衛が、おちよに好印象を抱くように、今日の報告を進めようと話し合ったものだ。

栄三郎と深尾の見解は、とにかく一度会って、触れ合ってみないと、おちよという娘の良さはわからぬと一致した。

分家の用人から、本家の用人の立場として、若様・辰之助の〝恋の暴走〟について相談された深尾――。

その深尾から、単に相手の娘の身辺調査を依頼されただけの栄三郎――。

それが、お節介にも、辰之助の恋を何とか実らせてやりたくなっていた。

今日のような寒い夕べに、炭火で温まった部屋で、脂ののった極上の鴨で熱燗を聞《きこ》し召す。

相手をするのは、口達者な秋月栄三郎と、老練の士・深尾又五郎である。

大山甚兵衛が、いかに武骨、律儀、一徹、厳格な士であっても、心はほぐれ、

「そのような娘なら、種々苦難が待ち受けてはいようとも、若の御心を汲《く》み、殿にとりなしてみようか……」

などと、思い至るのではないか――。

栄三郎と深尾は、それを期待してこの船宿に乗り込んで来たのである。

「秋月殿は、随分と、おちよなる娘のことを気に入られたようじゃな」

栄三郎の報告を一通り聞くと、甚兵衛はその労を謝するが如く頬笑んだ。

「いや、これは身の程も知らず、余計なことを申しました。あまりに娘が、近頃見ぬ器量良しに加え、人品にすぐれておりましたゆえ、つい、言葉に力が入りました。お許し下さりませ」

栄三郎は手応えを覚え、こちらもにこやかにこれに応えた。

「大山殿、如何《いかが》でござろうのう……」

深尾はこれにのって、膝を進めた。

「辰之助様の御為とは申せ、若君に断りも無《の》う、娘のことをあれこれ窺うのも気が引けまする。この上は、辰之助様の御存念をお伺いし、新たに事を進められては」

「忝《かたじけ》のうござる」

甚兵衛も、いかにもこの男らしく、しかつめらしく威儀を正した。

栄三郎と深尾は一瞬、顔を見合わせた。

若き辰之助の、美しい恋路に花を咲かせましょうぞと、手を取り合う用意は整った。

「こ度のこと、あれこれ御足労をおかけ申したが……」

甚兵衛は、深尾と栄三郎の顔を交互に見て言った。

「え……」

「おちよという娘のことは、これにてお忘れ下さりませ」

「何と……」

栄三郎と深尾は、口をあんぐりと開けた。

「おちよなる娘がどのように良く出来た娘かは知りませぬが、所詮《しょせん》は掛茶屋の娘でござる」

「とは申せ、おちよは世が世であれば大店の……」

歴《れっき》としたお嬢様であった娘だと栄三郎が言うのを遮るように、

「将軍家献上の品に不備をきたし、店を潰した男の娘でござる」

「それはそうですが……」

「確かに娘に罪はござらぬ。話を聞くにその心がけ、暮らしようは健気と存ずる。さらに娘を哀れみ、若の御心を大事に思うて下さる御両所のお気持ちも嬉しゅうござる。さりながら某は殿より、本家とも相談を致し、若にふさわしい嫁を選ぶようにと申し付けられてござる。それが、渡し場より娘を一人見つけてきましたとは口が裂けても申されぬ」

「左様でござるな……」

これには、同じ旗本の用人としては一言もない深尾又五郎は、

「ただ某は決して、大山殿の苦衷を他人事《ひとごと》と捉えたわけではござらぬ。どうか御容赦下されい」

と、頭を下げるしかなかった。

「それは委細承知致しておりまする。御両所のお蔭《かげ》にて、辰之助様が下らぬ町の女に騙《だま》され、現を抜かしていたのではないことがはっきりと致したことは、この甚兵衛、何より嬉しゅうござった。礼を申し上げまする……」

甚兵衛は丁重に、深尾と栄三郎に謝した。

温かな宴はそれから半刻ばかりで御開きとなり、甚兵衛は席料を払うと言って聞かず、勘定を済ませた後、屋敷へと帰っていった。

甚兵衛と別れて船宿を出ると、栄三郎は深尾に、

「なかなか一筋縄ではいかぬお人でござりましたな」

と、苦笑いを浮かべたものである。

「かくなる上は、おちよの身の上を調べたくらいで、二両は頂き過ぎです。せめて一両、お返し致しましょう」

そして、懐から取り出した一両を、深尾に手渡そうとしたが、深尾はそれを押し留《とど》めて、少し不敵な笑みを浮かべた。

「まだ仕事が終わったかどうかはわかりませぬぞ。某も本家の用人として、もう少し、あの一徹者と若君に、お節介を焼いてみたいのでな」

「はあ……」

まったく深尾又五郎という男も物好きだと呆《あき》れながら、栄三郎としても、このまま取次の仕事を終えてしまうのは不本意である。大いに深尾のお節介に付き合ってみたいと思うのであった。

「では、この一両はひとまず……」

小判は船宿の掛行灯《かけあんどん》の明かりに一瞬煌《きら》めいた後、再び栄三郎の袖から懐へと収まった——。

三

「今度、あのお侍様はいつお見えになるんでしょうねえ」

「あのお侍様……？」

「ほら、向島の方へ、学問を習いに行っているという……」

「ああ、あのお侍様……」

老爺の言葉に、茶屋の娘はポッと顔を赤らめた。

〝竹町の渡《わたし》〟は、吾妻《あずま》橋の南、浅草寺《せんそうじ》の総門にほど近い所に位置する。

この渡し場の一隅に、粗末な屋根に葭簀を巡らし、三脚ばかり床几《しょうぎ》を並べた、小さな掛茶屋がある。

今は客も途絶え、老爺と娘は束《つか》の間《ま》の会話を楽しんでいるのだ。

茶屋を営む老爺を、孫娘が手伝っているかのように見えるが、老爺の娘に対する口の利きようを見るに、そうではないことがわかる。

老爺は〝市助《いちすけ》〟という。

その横で〝あのお侍様〟と言われて、顔を赤らめた娘が噂《うわさ》のおちよである。

市助は以前、おちよの生家・越乃屋で下働きをしていた。逃散《ちょうさん》百姓として江戸へ流れて来て食い詰めているところを、おちよの父・嘉兵衛に拾われ、その恩に報いんと、独り身を通して仕えてきた。

越乃屋が潰れた後は、こつこつと貯《た》めた銭で、やっとの思いでこの掛茶屋を出すことが叶い、嘉兵衛亡き後、路頭に迷うその妻女・おすが、娘のおちよを助けてきたのである。

初めは市助と共に茶屋に出ていたおすがが病に倒れてからは、おちよが手伝うようになったのだが、市助は、清楚な美しさに充ちた聡明《そうめい》な旧主の娘と並び立って日々過ごせることに無上の喜びを覚え、おちよのためならいつ死んだとていいと思っている。

「わたしが見るところでは、あのお侍様は、お嬢さんに気があるようですね」

市助は、思った通り、おちよもまた〝あのお侍様〟に好意を寄せていることを確信して、なおも言った。

「この前、ちらりとお侍様が手にした帳面を目にしたんですが、辰之助と書いてありましたよ」

「辰之助様……」

「わたしもそれくらいの字は読めます。はい、あのお侍様のお名は、辰之助様に違いありません」

おちよは、辰之助という名を聞いて、一瞬胸を切なくさせて黙りこくったが、すぐに、長い睫毛《まつげ》に縁取られた美しい瞳をぱっちりと開いて、

「嫌だわ、市さんたら何を言い出すの。あのお侍様は立派な御方よ。私なんか、相手にしていらっしゃらないわ」

と、慌てて市助の言葉を打ち消した。

「そうですかねえ。立派な人だからこそ、お嬢さんの良さが、おわかりになるのだと思いますがねえ」

「それは市さんの身贔屓だわ」

「とんでもない。辰之助様とお嬢さん。お似合でございますよ。お侍様といっても、お供を従えてらっしゃらないところを見ると、それほど御身分の高い御方でもなし、お嬢さんだって元をただせば……」

「市さん、そんなことをうっかり口にしたらお手討ちに遭うわよ。それに、ここでお嬢さんはよして頂戴」

おちよはにこやかに、悪戯《いたずら》っ児を叱るような口調で市助を窘《たしな》めた。

「二人だけの時はよろしいじゃありませんか……」

市助は頭を掻《か》いた。

こういう時のおちよの表情はこの世の何よりも美しいと、市助は思うのだ。

「それより、あの御隠居様、どうなされたのでしょうねえ」

おちよはそんな市助を、船着き場の端に佇《たたず》む、一人の老人の方へと促した。

「そういえば、さっきから何やら落ち着かぬようで……」

市助も老人を認めて首を傾《かし》げた。

その老人は、先ほどから船に乗るでもなし、通りを行くでもなし、辺りをうろうろしていた。

「冷たい風に当たられて、何やらお気の毒そうですよ。まずお声をかけてみましょう」

「見たところ、どうも気むずかしそうな御人ですよ。放っておけばようございましょう」

案ずる市助を笑顔で制し、おちよは顔馴染《なじ》みに出会ったかのように、老人に歩みを進めた。

いずれかの武家の隠居風のこの老人は、おちよがやって来るのを見てドキリとした。

老人の正体は、大山甚兵衛である。

もとより、辰之助が気に入ったという掛茶屋の娘に会うつもりなどまるでなく、娘の方がもしや辰之助に邪心を抱いていないかを調べてもらうべく、深尾又五郎に相談をした甚兵衛であった。

だが、娘は邪心を抱いているどころか、深尾又五郎のみならず、秋月栄三郎という剣客までもが、素晴らしい娘だと言うではないか。

つまり、おちよは、若い辰之助だけでなく、甚兵衛と同年代の男からも、三十半ばの男からも、絶賛されているわけで、これをこのまま見過ごすわけにはいか

なくなったのである。〝浜屋〟で二人に会って二日が経《た》ったこの日、

――この目で確かめておこう。

と、甚兵衛は微行姿でやってきたものの、さり気なく客を装って娘の値踏みができるような器用さを持ち合わせてはいない。

ついつい、冬空の下、寒風吹き抜ける渡し場をうろうろと徘徊《はいかい》してしまったというわけだ。

「もし……。不躾《ぶしつけ》ではございますが、何かお困りのことでも……」

おちよは、そんな甚兵衛を土地不案内の老人ではと気遣い、声をかけてきた。

「おっ、ほんッ！」

甚兵衛は、咳《せき》払いで動揺を隠し、おちよを見た。

「ああ、いや、今日着くはずの昔馴染みを迎えに来たのだが、日を間違えておったかもしれぬ」

「左様でございましたか。もしや、渡し船のことなどでお迷いでしたら、私が御案内さしあげようと。これは出過ぎたことを致しました。お許し下さりませ」

「いやいや、何やら気を遣わせたようじゃな。済まぬことをした……」

娘の情のこもった物言いに、思わず甚兵衛の仏頂面《ぶっちょうづら》が綻《ほころ》んだ。

傍《そば》で見ると、この娘――すらりとした姿態にほどよく肉置《しし》きがあり、いかにも健康そうな色香にあふれている。美しい眼鼻だちは、にこやかな頬笑みに包まれていて、まぶしいくらいの白い歯が口許《くちもと》から覗《のぞ》いていた。

井桁絣《いげたかすり》の着物に、紺無地の前垂を付けた装いは、派手さを抑えた娘の品性を顕《あらわ》していた。

――これがおちよか。

甚兵衛には一目でわかった。

「よろしかったら、あの掛茶屋でお休みになりながら、お連れ様をお待ちになられたらいかがでしょう」

「うむ、そうじゃな……」

「お気が向きましたら、お茶などお申しつけ下さりませ」

茶を注文せずとも遠慮なく体を休めてくれればよいという、娘のまことに行き届いた気遣いに、甚兵衛の足は自然と掛茶屋に向かっていた。

「これはお越しなされませ……」

おちよの親切に顔を綻ばせた甚兵衛を見て、市助は笑顔で迎えた。

掛茶屋の床几は、茶釜をかける小さなかまどの周りを囲むように三脚置かれてあった。

「世話になるぞ……」

その端に、甚兵衛は腰を下ろすと、背中から漂う〝かまどの暖〟がポカポカと体を温めた。

甚兵衛の顔付きが、さらに緩《ゆる》んだ。

「ちょうど喉が渇《かわ》いていたところでな。茶を貰おう」

「ありがとうございます。喉が渇いておいでなら、いかが致しましょう、お茶はぬるめにして大ぶりのお碗《わん》にお入れ致しましょうか」

「うむ、そうしてもらおう」

すぐにおちよは、大きめの茶碗に、ぬるめの茶をたっぷりと注いで甚兵衛の傍へと置いた。小ぶりの丸盆に茶碗をのせたまま、少し手前から床几へと置いてすべらせる仕草も、美しい。

甚兵衛はこれをぐっと飲み干した。喉の渇きがたちまち収まった。

「うまい……。もう一服もらおうか」

「この次は、熱いのをお入れ致しましょうか」

おちよの問いに、

「一段とよい……」

甚兵衛は満足そうに笑い声をあげた。

「おぬしは〝三献茶〟の謂《いわ》れを知っておるのか」

「〝三献茶〟……、はて、そのような難しいことは存じませぬが」

「何じゃ、知らぬのか」

「はい、お教え下さいましたら、嬉しゅうございます」

「昔の話じゃ……」

おちよに請われて、甚兵衛は、戦国の世、かの豊臣秀吉が、近江《おうみ》国長浜《ながはま》城主であった時の逸話を語った。

鷹狩《たかが》りの帰りに、喉が渇いた秀吉は、観音寺という寺に立ち寄り、茶を所望した。

すると寺小姓は、大きめの茶碗に、七、八分目にぬるく点《た》てて差し出した。飲み易い温度と、渇きを収めるにちょうど良い分量に満足した秀吉が〝さらに一服〟と所望すると、今度は先ほどより熱い茶を半分の量にして、持って来た。

「この小僧め、使える奴《やつ》よ……」

秀吉はさらにもう一服所望した。すると寺小姓は、三度目には、小さな茶碗に僅かな量の、舌が焼けるほど熱い茶を持って来た。

「その寺小姓こそ、後の石田三成《いしだみつなり》公であったという話じゃよ」

語り終えた甚兵衛に、食い入るように大きな瞳を輝かせながら聞き入っていたおちよは、

「そのお話は初めて聞きました。お蔭さまで、ひとつ賢くなりました。ありがとうございます。では、すぐにお熱いのを……」

と、にこやかに頭を下げた。

大した話をしたつもりでもなかったので、甚兵衛は照れ笑いをうかべながら、

「おぬしが、次は熱いのを入れましょうと申したので、てっきり〝三献茶〟の謂れを知っているのかと思うたのじゃ」

と、新たにおちよが淹《い》れてくれた、熱い茶を啜《すす》った。

今度は体が温まった。

「と、いうことは、市さん、私は石田三成様と同じ気遣いが出来ているってことよね」

おちよは、先ほどから満面の笑みを浮かべながら、おちよと甚兵衛のやり取りを見守っていた市助に興奮気味に言った。

「はい、そのようで……」

　市助は大きく頷いた。

「いや、おぬしの気遣いの方が上手《うわて》をいっておる」

「私の方が上手？　まさか、そんな……」

「三成公は確かに聡明かもしれぬが、〝三献茶〟というのはどうも小賢《こざか》しゅうていかぬ。そこへいくとおぬしは、ぬるい茶にするか、熱い茶にするか、相手の好みをまず聞いてから淹れてくれた。気遣い、心尽しとしては、おぬしの方がさらに良い」

「そんな、畏《おそ》れ多い……。私は無調法者でございますから、何でもまずお尋ねするようにしているだけでございます」

　おちよは少し困ったような顔をして、目を伏せた。

　恥じらったり、遠慮をしたり、聡明な娘が見せる控えめな仕草は、その娘を一層美しいものにする。

　いつしか、おちよと過ごす一時が、楽しくてならないと思い始めていた甚兵衛は、我に返ったように、

「どうやら、連れの到着の日を間違うていたようじゃ。うまい茶であった……」

と、茶代を置いて立ち上がった。

「楽しいお話をありがとうございました。〝三献茶〟の謂れ、人に話してもよろしゅうございますか」

「ああ、何事も愚鈍な奴らに聞かせてやるがよい」

甚兵衛はおちよの見送りを受け、掛茶屋を後にした。

その時、船着き場に渡し船が着いて、船から商家の主らしき中年男と、それに寄り添う、こちらは勇み肌の兄貴格といった男が降り立ち、掛茶屋の方へとやって来た。

「おう、東《ひがし》屋の旦那に茶をお入れしろい」

甚兵衛の背後で〝勇み肌〟の少し嗄《しゃが》れた声が響いた。

これに無口で穏やかな様子であった老爺の市助が敵意を顕《あらわ》に、

「うちは茶を出すのが仕事の掛茶屋でございますが、東屋の旦那に出す茶は、一滴たりとも置いちゃあおりません」

と、言い放った。

「何だと！　手前、爺《じじ》ィのくせに喧嘩を売ってやがるのかい」

勇み肌が凄《すご》んだ。

どうも気にいらぬ奴だと、甚兵衛は振り向いて、

「おい、そこなる者。爺ィのくせにと申したが、お前こそ喧嘩を売っているのか」

と、睨《にら》みつけた。

若い頃は一刀《いっとう》流を修め、なかなかの暴れ者であった甚兵衛である。どこぞの隠居かと思われる微行姿であっても、その眼光の鋭さは只者《ただもの》ではない。

勇み肌は一瞬怯《ひる》んだが、腕っ節を買われて〝東屋の旦那〟に引っついているのであろう。その手前、引き下がるわけにはいかないのか、

「お前さんに言ったんじゃあねえや」

と、向き直った。

「これこれ、吉五郎《よしごろう》さん、通りがかりの御人にそんなもの言いをするんじゃあ、ありませんよ」

それを、東屋の方が宥《なだ》めた。

「へい、旦那がそう仰《おっしゃ》るなら……」

吉五郎と呼ばれた男は引き下がった。

東屋は甚兵衛に、愛想よく会釈をすると、

「市つぁんも相変わらずだねえ。わたしの何が気に入らないのか知らないが、わたしはただ、おちよさんの身を案じてこうやって時折訪ねているんじゃないか」

と、今度は市助を窘めるように言った。

「よくもぬけぬけとそんなことを……」

「市つぁん、お前のその憎まれ口が、おちよさんの幸せを遠くに追いやっているってことがわからないのかい」

「私は今、幸せに暮らしております。どうぞお構いなきように……」

おちよが凜《りん》として言い放った。

「この暮らしが幸せだって？　馬鹿を言っちゃあいけないよ」

「どうぞ、お引き取り下さい」

「おちよさん、わたしは貴女のことが心配なんだよ。一度訪ねてくれませんかねえ。そうすれば、おすがさんの面倒だって……」

おちよは、東屋の旦那をまるで相手にせず掛茶屋に戻って、かまどの火を確かめた。

「おちよさん……」

渋面《じゅうめん》の東屋は、さらに何か言おうとしたが、相変わらず厳しい表情のまま、

こちらを窺っている甚兵衛を見て、

「いつまで貧乏な暮らしを続けるつもりなんですかねえ……」

捨て台詞《ぜりふ》を残して吉五郎を伴い去っていった。

おちよは、腹立たしそうに二人を見送る甚兵衛に駆け寄り頭を下げた。

「申し訳ございません。嫌な想いをなされましたでしょう」

「それは構わぬが、あ奴らはいったい。東屋の旦那と申したが」

「御菓子屋の主人でございますよ。こいつがまったく下らぬ奴で……」

市助が口を挟んだ。

おちよは頭《かぶり》を振って、それ以上喋るなと市助を窘めて、

「大したことではございませんので、どうぞお忘れ下さりませ」

もう一度、甚兵衛に頭を下げた。

にこやかな顔には、何も聞いてくれるなというはっきりとした意志が窺える。

先ほどの東屋への対応を見ても、おちよには、若さに似合わぬ、しっかりとした芯《しん》が一本通っているようだ。

「世の中には色々な輩《やから》がおる。気をつけることじゃ」

甚兵衛は恐縮するおちよに、優しく頷くとその場を立ち去った。

姿が見えなくなるまで見送ろうとする、おちよの可憐《かれん》な目差しを背中に覚えつつ、甚兵衛は、若君の心を迷わせる、本来憎むべき娘の味方に、いつしか自分がなっていることに、我ながら驚いていた。

——よい娘じゃ。

遂にはそう呟《つぶや》いてさえいた。

——いや、いかぬ、いかぬ。

ここは心を鬼にしてでも、永井家八百石の用人を務める身として、心を引き締めねばならぬと、甚兵衛は自らを戒《いまし》めた。

——よい娘ではある。

手放しで誉め称えた、深尾又五郎や、秋月栄三郎の気持ちはわかる。

——さりながら、若の嫁となると話は違う。

甚兵衛は自らの目で確かめようと、渡し場までやって来たことを悔やんだ。

若の嫁には出来ぬと己に言い聞かせつつも、冷たい風に身をさらしながら、屋敷に帰る道々——ほんの一時、おちよと過ごした掛茶屋での、ほのぼのとした思い出が頭をよぎって離れない。

辰之助も、今の甚兵衛と同じ想いを何度もしたのであろう。

——とすれば、若もあの東屋と吉五郎なる者共に嫌な想いをなされたのであろうか。

そう思うと、あの心優しいおちよが追い返した東屋の旦那という男に、堪らぬ嫌悪を覚える甚兵衛であった。

四

その翌日——。

昼過ぎまで、屋敷内を落ち着きなく見廻《みまわ》っていた大山甚兵衛は、俄に思い立ち町へ出た。

その足は、京橋水谷町に向かっていた。

秋月栄三郎に会って、ある〝取次〟を頼みたかったのだ。

〝手習い道場〟はすぐにわかった。

表通りを行くと、長屋を改築した道場らしき建物から、木太刀で打ち合う音が聞こえてきた。

「ほう……。これはまた大したものじゃ……」

小窓から中を覗くと、秋月栄三郎が二人の門人に型の稽古をつけていた。

その一人が、何と美しき女剣士である。

今日は、田辺屋の娘・お咲が稽古に来ていて、又平相手に木太刀を振るっていたのだが、お咲を初めて見た甚兵衛にとっては、うら若き娘が、男顔負けのしっかりとした太刀筋で、ひとつひとつ技を決めている姿はまことに珍しいものであった。

たちまち小窓の前で固まる甚兵衛の姿を、栄三郎は目敏《めざと》く見つけ、お咲、又平に続けるよう命じて、

「これはようこそおいで下さりました。ささ、どうぞ中へ……」

と、道場の内から、十年来の知り人のような親しみを込めて甚兵衛に一礼した。

それから――。

栄三郎の隣に座って、見所《けんぞ》で又平とお咲の型の稽古を眺めつつ、甚兵衛は少し決まり悪そうに、ここを訪ねた理由をポツリポツリと語った。

「つまるところ……その、せっかくの深尾殿と貴殿の御意見を、頭ごなしに拒んだことが悔やまれましてな……」

「まずこの目で確かめようと思い立たれたのですね。これは嬉しゅうございます。それで、如何でござりました。近頃稀《まれ》に見る良い娘ではござりませなんだか」

「それは、まことにもって……」

「左様でございましょう。会えば一目で分かるというものです」

「じゃが、若の嫁には出来ませぬ」

「やはり、そうですか……。いや、お会いになられた上でのこと、仕方ありませんな」

「娘のためにも、その方がよいと存ずる」

「う〜む……。私は口を挟めた義理ではありませんが、惜しいですねえ」

「いかにも惜しゅうござる」

「そのことを告げにわざわざ……」

「いや、おちよについて、気になったことがござってな」

甚兵衛は、昨日見た、東屋の旦那と吉五郎との、おちよ、市助のやり取りを栄三郎に話した。

「若が気にかけた娘のこと。ただ縁を裂くのも後生《ごしょう》が悪うて、せめて、おちよが何か難儀に遭っておるのならば力になってやりたいと……」

「御用人はお優しい御人でござりますな」

栄三郎は感じ入って、甚兵衛に向き直った。

「その東屋というのは、人形町の菓子店の主・恒兵衛《こうべえ》。元は、おちよの家で番頭を務めていた男でございます」

「なんと……」

「深尾さんが、近いうちに必ず大山甚兵衛殿が訪ねておいでであろうから、さらにおちよのことを調べておくようにと……」

栄三郎はニヤリと笑った。

「深尾殿が……。見透かされておったか。あの御仁には敵《かな》わぬ」

甚兵衛はしみじみとして頷いた。

「この恒兵衛というのが、まことに怪《け》しからぬ奴ばらにござりまして……」

栄三郎が、又平に手伝わせて調べたところ――。

おちよの生家〝越乃屋〟が傾き出した原因は、将軍家へ献上した菓子の一部が、傷《いた》んでいたと、小納戸《こなんど》頭取から強い叱責が下り、百日間の戸締《とじめ》に処されたことであった。

三月以上営業を停止され、何といっても食べ物商売は信用が失墜しては、成り立たない。

心労が重なり主人の嘉兵衛は病に倒れた。

この時、上方下りの金兵衛《きんべえ》なる富豪が店の建て直しに協力を申し出てくれた。

金兵衛は、大坂堂島《どうじま》の米相場で財を成し、江戸へ下って楽隠居を決めこんでいるという初老の男であったが、名菓〝山月〟がなくなるのは忍びないと、多額の金子を用立ててくれたのだ。

しかし、これがとんだくわせ者の高利貸しで、利息やら期限やらをわざと曖昧《あいまい》にした上で、ある日突如として豹変《ひょうへん》して返済を迫るという手口で店を乗っ取ってしまった。

「その金兵衛を連れて来たのが、二番番頭を務めていた恒兵衛であったわけです」

「では、恒兵衛は、金兵衛なる高利貸しに内通していたわけじゃな」

「そうだとしか思えませぬ」

恒兵衛は、商売上手で万事そつがなく、三十半ばで二番番頭に取り立てられたのだが、その信頼をいいことに、金兵衛からの借金の条件を曲げて、主の嘉兵衛に伝えていたようだ。

しかし、恒兵衛は、嘉兵衛にはしっかりと伝えたが、病床にあって混乱していた嘉兵衛は報告を履き違えたのだと弁明し、金兵衛もそこに同席していたが、恒兵衛の言うことに間違いはないと言い立てた。

いずれにせよ、証文を交わした上は、訴え出たところで勝目はない。恒兵衛のような者を、信頼した自分にすべての非があると、嘉兵衛は店を明け渡し、奉公人達のことを案じつつ、遂に病状を悪化させ、帰らぬ人となったのだ。

「嘉兵衛はさぞや、無念であったろうな」

「唯一の救いは死んでから、東屋の主に恒兵衛が収まったってことでしょう」

「まさか、東屋というのは……」

「はい、越乃屋の看板を掛け替えた店で、金兵衛が恒兵衛にやらせているというわけです」

「そうであったのか……。某は世情に疎《うと》うていかぬ」

「人の噂も七十五日。世間はすぐにそんなことを忘れてしまいますから……。干菓子を扱っているので〝東屋〟だそうです。まったくふざけていますよ。〝山月〟という名菓は〝水月《すいげつ》〟と名を改め、越乃屋の頃の作り方を真似《まね》て作っているとか」

「市さんと呼ばれていた男は、それで東屋に飲ませる茶はないと言いよったのか」

「はい、あの老人は、越乃屋に拾われた恩を忘れずに、残されたおすが、おちよ母娘のためにあの掛茶屋を守り、同じ長屋に暮らしているのです」

「おちよのためなら死んでもいいという顔をしておった。某にはその想いがようわかる」

「わたしの見たところでは、そもそも献上の品が傷んでいたというのも、恒兵衛の仕業《しわざ》であったのではないかと」

「そうかもしれぬな。それで、さすがに決まりが悪くなって、今になって母娘の世話をしようと、近寄っているのか」

「そんな殊勝な男ではありません。金兵衛が、美しくなったおちよを見かけて、妾《めかけ》にしたいと言い出したそうですよ」

金兵衛の下で借金の取り立てなどをしている若い衆から、その話を又平が聞き出したのである。

「妾に……。その仲立ちをあの恒兵衛が、吉五郎のような男を引き連れて……」

甚兵衛の顔がたちまち忿怒《ふんぬ》の形相《ぎょうそう》と変わって、

「怪しからん！」

と、熱《いき》り立った。

その大音声《だいおんじょう》に、驚いてお咲の木太刀を取る手が狂い、誤って又平の股間を打った。

「痛ェッ……！」

その場に蹲《うずくま》る又平に、

「又平さん……！」

と駆け寄るお咲を、打ち所が打ち所だけに、又平は、大丈夫だと手で制し、こういう時は跳べばいいのだと、何度も何度も跳び上がった。元は軽業芸人の又平のこと、その跳躍の高いことこの上ない。

思わず吹き出す栄三郎の横で、憤りが収まらぬ甚兵衛は、目の前の騒動も見えぬようで、

「怪しからぬ……。真《まこと》に許し難い奴じゃ……」

と、火吹き達磨と化している。

「あの娘なら大丈夫ですよ」

　そんな甚兵衛を見て、栄三郎はにこやかに告げた。

「いかに病がちな母親を抱え、身は貧しい長屋暮らしとて、金に目が眩《くら》むような娘じゃありません」

「うむ、あの娘に限ってそのようなことがあるはずはない」

　甚兵衛は己に言い聞かすように心を鎮めた。

「御用人、町の娘をみくびってはなりませぬ。あの門人はお咲と申しまして、呉服店の箱入り娘でござる」

　跳び続ける又平を心配そうに見ながら、道場に端座している、凜々《りり》しい女剣士姿のお咲を見て、栄三郎は言った。

「何と、商家の娘が何ゆえに？」

「わたしの剣友に松田新兵衛なる者がおりまして、これに心を寄せて、愛《いと》しい男の境地に少しでも近づこうとしているのです」

「それ故、剣術をあれほどまでに……」

「女はその気になれば何にでも化けまする」

「う〜む……」

　甚兵衛は、お咲の姿におちよを重ね合わせてみた。あの娘も何にでも化けるのであろうか——。

考えこむ老武士の前で、相変わらず又平は宙を跳び続けていた。

五

手習い道場に、秋月栄三郎を訪ねたその夜のこと——。

大山甚兵衛は主家の嫡子・辰之助の御召《おめし》を受け、屋敷の表書院へと出向いた。

「大山甚兵衛、参上仕《つかまつ》りました」

「来たか……」

辰之助は、必要以上に明かりは灯《とも》さない倹約家であったので、室内は薄暗く、主従は互いの表情がよく見えなかったが、どちらも思いつめた様子が伝わってきて、しばし沈黙が続いた。

その沈黙によって、甚兵衛は辰之助が自分を召した理由がはっきりとわかった。

——おちよのことに違いない。

思い切るよう若を諫めるつもりの甚兵衛ではあるが、何やら切なくなってきた。

「今日、爺ィが出かけておる間に、屋敷を抜け出し、竹町の渡し場に行って参った」

辰之助が口を開いた。

「掛茶屋の娘に会いに行かれましたか」

「ああ、別れを告げようとな」

「別れを……。では、この甚兵衛がお諫めしたゆえに……」

「向島の今井先生に御教授を願うようになってこの方、ただ一人であの掛茶屋で休息している一時が、何とも心安らいだ……。この娘が終生我が身の傍に居てくれたらどれほどよいか。いつかそう思うようになっていた」

「そのような折、爺ィめが嫁取りのことを申し上げましたゆえ、若は娘のことを打ち明けて下されたのですな」

辰之助はにこやかに頷いた。

「だが、所詮叶わぬことであった。爺ィの申すことはもっともじゃ。この辰之助は八百石の家を託される身。思うに任せぬこともある。爺ィに教えこまれたそのことを、いつしか忘れていた……。この後、娘の顔を見て、また、あれこれ心が揺らいでもいかぬ。向島への渡し場を変えようと思い立ち、せめて一言、世話になったと娘に告げるつもりで参ったのだが、あれこれ話すうち、伝えそびれて帰って来た」

「未練が残りましたか……」

甚兵衛は穏やかに言った。

「別れを告げるのは、爺ィの意見をもう一度聞いてからでもよいと思うてな」

「と、申されますと？」

「爺ィ、密かにおちよに会いに行ったであろう」

「いや、それは……」

「おちよが、嬉しそうに〝三献茶〟の謂れを、いずれかの御隠居様から聞いたと話してくれたわ」

「あ、あ……若、この甚兵衛は……」

「その隠居は爺ィであろうが、話を聞いてすぐにわかったぞ」

「若がお気に召された娘ならば、この目で見ておかねばと……」

「構わぬ。嬉しかったぞ」

あたふたとうろたえる甚兵衛に、辰之助はにっこりと笑った。

「して、どうじゃ、あの、おちよは」

「申し分のない娘にござりました」

「そうか。爺ィもそう思うたか。その上で、我が嫁にするというのは……」

「やはりならぬことと存じまする」

甚兵衛はそう言って畏まった。

「海の魚を池に放ったとて、苦しむだけのこと。それをあの娘は心得ておりましょう」

「娘の方が、承知致さぬか……」

辰之助はふっと笑った。

茶屋の娘を辰之助の嫁には出来ぬということもさるものながら、おちよは身分違いの恋に流されてしまうような娘ではなかろう。

甚兵衛はそう思うのだ。だが、同時に、このまま辰之助の恋が終わってよいものか。命より大事と仕えてきた君の、若き日の思い出に一点の濁りがあってよいものか……。そんな思いがむくむくと頭をもたげて来た。

「さりながらそれは、この爺ィめが思いにござります。肝心なのは若のお気持ちではござりませぬか」

気がつくと、そう言っていた。

「爺ィ……」

たちまち辰之助の顔が綻んだ。この若様に、この爽やかな笑顔で爺ィと呼ばれるともういけない。辰之助の恋を何とか叶えてやりたくなってくるではないか。

「爺ィ、この辰之助の後押しをしてくれるか」

「それが爺ィめの務めにござりまする。まず御身分を明かされ、一人の男として、お気持ちをお伝えなされませ」

「そうじゃのう。うむ、そう致そう。このことを父上には……」

「しばらくは内密に致しておきましょう。あれこれ段取りを踏んで、時が熟せばこの甚兵衛が、命をかけてお取りなし致しましょう」

甚兵衛の口からすらすらと言葉が出た。

辰之助の話を聞いていると、おちよが辰之助に気があるのは間違いない。

この涼やかな若武者を慕わぬ娘があるものかと、甚兵衛は思うのだ。

翌日の空は快晴であった。

甚兵衛は辰之助の供をして、竹町の渡し場へ向かった。

二人だけの秘密のこと、供廻りは駒形堂に待たせ、そこから渡し場に向かい、甚兵衛は船小屋の蔭に隠れて様子を見ることにした。

「若、御武運を……」

「爺ィ、戦に行くのではない」

「こういう時は何とお送りすれば……」

「さあ、何も言わずとも、ただ笑って頷くだけでよいのでは」

「しからば……」

甚兵衛は、にこりと笑って頷いた。

「爺ィが笑うと何やら気味が悪いのう。行って参る……」

この主従はどこか滑稽《こっけい》である。

甚兵衛は船小屋の蔭に隠れ、辰之助は掛茶屋へと向かった。

「これは……。おいでてございましたか」

おちよは、いつもと違って、華やかな大身の侍風の出立《いでた》ちで現れた辰之助を見て、少し慌てて、眩《まぶ》しげな目を向けた。

昨日、今日と訪ねてくれた嬉しさに取り乱す、おちよの愛らしい様子に、湯を沸かしている市助の顔が皺《しわ》だらけになった。

茶屋には渡し船を待つ数人の客が居て、床几に腰かけ茶を飲んでいたが、美しい若侍の登場に皆、居住まいを正した。

「ちと話したいことがある。手間はとらさぬゆえ、少しの間、付き合うてはくれぬか……」

「私に、話したいこと……」

驚いたような目を向けるおちよを、辰之助は掛茶屋から少し離れた所に立つ松の大木の下まで連れ出した。

行ってくればよいと目で告げて、市助は少し顔に憂いを浮かべて若い二人を見送った。

松の大木の下に並び立つ、辰之助とおちよの姿は、船小屋の蔭にいる甚兵衛からしっかりと窺い見られた。

「私にお話とは……」

改まって二人となり、何を話そうというのか。おちよの胸はときめき、そして不安に張りさけそうになった。

「おちよと申したな」

「はい……」

「余は、永井辰之助と申して、御上より八百石を賜わる、永井内蔵助の一子……」

「御旗本の若様……」

供連れもなく茶屋を訪れる、この若侍が、まさか八百石取りの世継であったとは――おちよは慌てて畏まった。

辰之助はそれを制して、

「そのままで聞いてくれ……」

とつとつと己が心の丈を打ち明けた。

身分を隠すつもりはなく、ここでただ一人の弟子となり、学問の師の許へと通ったこと。そのうちに、掛茶屋で過ごす一時に安らぎを覚え、おちよの人となりにすっかり心を奪われたこと……。

「そなたに、我が妻になってもらいたい」

そして、辰之助は一気に求婚をした。

話を聞くうちに、おちよはわなわなと震えだし、とうとう大粒の涙をこぼした。

「もったいのうございます……」

「承知してくれぬか」

「私は、しがない掛茶屋の女にございます」

おちよは激しく頭《かぶり》を振った。

「それを妻にするなどと、御家の恥となりましょう」

「余とそなたが、夫婦になれぬ身の定めであることは百も承知じゃ。だが何事も、その気になれば叶わぬことはないはずじゃ」

「なりませぬ……。どうかお許し下さいませ……」

おちよの声は涙でかすれた。

「おちよは、この辰之助が嫌いか……」

その問いに、おちよはさらに激しく頭を振って、

「お慕い致しておりました……。初めて、お立ち寄り下さいましてよりこの方、今日はお見えか、明日はお見えかと、御姿をお捜しせぬ日はございませんでした……」

「それは真か、おちよ、嬉しいぞ」

「そうだといって……貴方様が、八百石の御家の若様と知れたこの上は、もうお会いすることはできませぬ」

「おちよ……」

「どうかお許し下さりませ。辰之助様をお慕い申し上げる気持ちが強いからこそ、貴方様のお邪魔になりとうはございません」

「わからぬ。余を想うてくれるなら何故、余の傍に居てくれようとはせぬ」

「誰かに聞かれでもすれば、御身分に関わります。どうか、どうかこのちよのことはお忘れ下さいませ。この先、ちよは、今日のこの思い出を心の糧《かて》に、一生独りで生きていくつもりにございます。どうか、どうか御了見《ごりょうけん》なされて下さりませ……」

この上は泣かぬと心に決めて、ぐっとおちよは唇を噛《か》んだ。

もしや〝あのお侍様〟が、身分の高い御方であれば、きっぱりと思い切ろう。そう思い続けてきたおちよであった。

「どうしてもならぬか」

「どうか、お許し下さりませ……」

ここで辰之助に、手討ちにされても身は幸せだと、おちよはしっかりと頭を下げ、その場を走り去った。

掛茶屋の市助は、遠目におちよの様子を見てとり、命より大事な〝お嬢さん〟の悲恋を悟った。叫びたいような気持ちを抑え、何事もなかったようにおちよを迎えるその老爺の姿は、船小屋の蔭から窺う甚兵衛の胸を打った。

市助の気持ちは誰よりもわかる甚兵衛であった。

松の大木の下で、しばらく呆然《ぼうぜん》とおちよを見送っていた辰之助は、やがてふらふらと、無言で駒形堂の方へと歩き出した。

その傍へ、甚兵衛が歩み寄った。

「爺ィ、ふられてしまったよ」

辰之助はわざとおどけたような顔を向けた。

父・内蔵助に叱責された時、剣術の仕合に負けた時――辰之助はいつも甚兵衛にこの顔を見せ、その度に甚兵衛は辰之助を激励してきた。

――まったく困った若じゃ。

だからこそ自分の出番がある。仕事がある。生き甲斐がある。

「若、ふられたわけではござりますまい」

「だが、私のことは忘れてくれと……」

「忘れてくれと言われて忘れられまするか、若はそれしきの想いしかかけておられなんだか」

「そんなことはない！」

「その意気でござる。惚れた女は攫《さら》ってでもものになされませ」

「爺ィの口からその言葉を聞くとは思わなんだ」

辰之助は、先日、町の娘などとんでもないと、凄《すさ》まじい形相で諫言した一徹者の甚兵衛の変わりように呆気《あっけ》にとられた。

父親以上に、良いこと、悪いことの分別を自分に教えこんだ甚兵衛であったが、今思えば、必ず最後は自分の味方をしていてくれた。

何と不器用で優しい一徹者であろうか。

そう思うと泣けてきた――。

「爺ィ！　もう一勝負じゃ。こ度ばかりは行儀など気に致さぬぞ」

辰之助は涙をこらえて雄々しく言った。

「大いに結構。若、ひとつ暴れてやりましょう」

「暴れる？」

「そのどさくさに娘の首を、縦に振らすのです」

「爺イ、気は確かか……」

「何の、耄碌《もうろく》致しておりませぬわ」

甚兵衛は豪快に笑った。

駒形堂が見えてきた。

二人を待っていた若党、中間《ちゆうげん》が、甚兵衛の笑い声に目を丸くして顔を見合う姿が見えた。

六

「どうしておちよさんはやって来ないんだい」

金兵衛は長火鉢で手を温《ぬく》めながら、恒兵衛と吉五郎に乾いた声を投げかけた。

「何も話しちゃあ、くれていないのでは？」

「いえ、何度も足を運んでいるのですが……」

「娘はなかなか強情でごぜえやしてね……」

東屋恒兵衛と、鳶頭《とびがしら》の吉五郎はぺこぺこと頭を下げた。

「私も越乃屋の嘉兵衛さんが、あのようなことになってしまって、ずっと気にかかっていたんだ。それが、病がちの母親を抱えて、忘れ形見のおちよさんが苦労をしていると聞いて放っておけますか。力になろうと言っているんだ。それが訪ねて来ないのは、仲立ちを頼んだ恒兵衛さんの伝え方が悪いのではないかと思ってねえ」

〝金貸し金兵衛〟の店は、両国橋西詰を南に少し行った薬研堀《やげんぼり》の端にある。

店といっても特に看板があるわけでもない。二階建の仕舞屋《しもた》風で、下には目つきの鋭い若い衆や用心棒が三、四人たむろしていて、上で金兵衛はあれこれ企みを巡らしている。

女房には葺屋《ふきや》町に料理屋を持たせ、表向きはその主人を装っているのだが、その実態は悪辣《あくらつ》な高利貸しで、親切ごかしにおちよに近寄り、五十男のくせをして金の力でうら若きその花を散らしてやろうと思っているのだ。

小柄でむじないのような面相の金兵衛ではあるが、大坂へ出て一旗揚げただけの、金を背にした凄みがある。

金兵衛に東屋を任されている身の恒兵衛、恒兵衛に引き合わされて以来、金兵衛から回ってくる金で若い衆を従え、両国浜《はま》町辺りの顔になっている鳶頭の吉五郎は、こう言われては黙っていられない。

平身低頭で店を出ると、

「こうなりゃあ、少々手荒いことも考えねえと、こっちの面目《めんぼく》が立ちませんや。なあに、東屋の旦那のお手は煩わせません。あっしの方で引っ攫《さら》ってでも、金兵衛の旦那の前に連れていきやすから……」

吉五郎は恒兵衛に、そう言って胸を叩いたのであった。

その夜のうちに、処の破落戸《ごろつき》共を五人ばかり集めた吉五郎は、居酒屋で前景気をあおり、翌日、竹町の渡し場に乗りこんだ。

人相風体の悪い男達の登場に、渡し場の掛茶屋に居た客は、一様に帰ってしまった。

「おちよさん、あっしの顔を立てちゃあもらえませんかねえ。一度でいいから、金兵衛の旦那に会っておくんなさいまし……」

「せっかく旦那が力になって下さろうってえんだ。いい話じゃねえか。そうすりゃあ、こんな寒空の下で働かねえでもいいし、おっ母《か》さんを楽にしてあげられるってもんだ……」

迷惑この上ない招かれざる客は、掛茶屋に乗り込んでよりこの方、同じ言葉を繰り返し凄み続けている。

「いったい、どんな力になろうってえんだい！」

「今まで何度も申しましたように、お伺いする謂れは何もありません」

市助とおちよが何を言ってもお構いなしだ。

こうして毎日乗り込めば、こんな小さな掛茶屋にわざわざ恐い思いをしてまで立ち寄ることはないと、客足は絶えるであろう。

そのうち強引に駕籠《かご》に放りこんで薬研堀へ連れていけば、後は金兵衛がよろしくやるだろうと、吉五郎は企んでいるのであった。

事実、今日のことで、おちよの心は揺らぎ始めていた。自分さえ辛抱をすれば、母親の身も、忠義を尽くしてくれた市助の身も安泰ではないか。金兵衛をうまく動かせば、父を裏切った恒兵衛に仕返しをできるかもしれない。金兵衛もいつまでも生きてはいまい。その時、新たに生きる術《すべ》を見つければよい……。

一点の汚れなき乙女の心の内が、魔の囁《ささや》きによって汚されつつあった。それに何もできない無力な老爺の我が身を思い、市助はただ歯嚙みするばかり――。

「おい、お前達……」

掛茶屋を占拠する破落戸共に、おちよと市助が為《な》す術もなく困り果てた頃――一人の凛々しき侍が現れ、こ奴らを咎めた。

「そんな所にたむろしていては迷惑だ。早々に立ち去れい」

この若侍を見て、おちよ、市助はあっと驚いた。永井辰之助である――今日は袴こそはいているが〝あの日〟とは見違えるほど、地味で質素な綿入れを着ていて、どこぞの浪人と見まがう形《なり》をしていたのだ。

目を丸くする二人に、何も言わずに任せておけと目で知らせ辰之助は、若いのを一人、床几からどかせてそこへ腰かけた。

「おう、そこのお侍、ここの馴染みかはしらねえが、今日はおれ達が貸し切ったんだ。帰りなせえ」

これを浪人の若造と見てとった吉五郎は、乾分《こぶん》共で取り囲んで睨みつけた。

「おれ達はこの娘さんに用があるんだ」

「娘の方には用はなさそうだ。お前達こそ帰れ！」

「何だとこの三一《さんぴん》が！」

つまみ出さんと、肩にかけた一人の手を、辰之助は捩《ね》じ上げ、突きとばした。

これに怒り狂った吉五郎、

「手前……浜町じゃちょいと知られた吉五郎をなめるんじゃねえや！」

と、殴りつけてきた。辰之助はそれをわざとかわさず顔で受けた。唇が裂け、口中が切れ血が滴り落ちた。

「辰之助様……！」

顔を押さえ、しばし踞《うずくま》る辰之助に、かけよるおちよ――それを手で制すと、口ほどにもねえ奴だと勝ち誇る吉五郎に向かって、辰之助は力強く立ちはだかり、ニヤリと笑った。

「よし、これで良い……」

辰之助の体の中に、熱い血が滾《たぎ》った。こ奴は何度か見かけた。東屋の旦那とかいう、いけ好かぬ男の飼い犬だ――。

「これで喧嘩が出来る……」

言うや、辰之助は吉五郎の腹を蹴り上げ、むんずと摑《つか》んで投げつけた。

豪快な早業に怯《ひる》む乾分達を、辰之助は次々に刀の鐺《こじり》で突き伏せ、あるいは拳《こぶし》で殴り倒し、たちまち地面に這《は》わせた。

これを少し離れて見ている、剣客風の男と、いずれの家中かと思われる老武士が居た。

秋月栄三郎と、大山甚兵衛である。

「お見事……」

辰之助の手練に感じ入る栄三郎に、甚兵衛は得意げな目を向け、頷くと、二人して辰之助の傍へ駆けつけた。

「若、いかがなされました！」

主の急を見てとって、駆けつけた供の用人。

「おう、これは永井内蔵助様の御子息・辰之助君ではござりませぬか」

通りがかりに、貴人の喧嘩を見てやって来た一人の剣客。

それが、先日〝三献茶〟の話を聞かせてくれた隠居と、このところ何度か茶を飲みに立ち寄ってくれた侍であることに気付いて、おちよと市助は何が何やらわからずにあたふたとするばかりであるが、破落戸共は、相手がどこぞの若様であったことに気付き、一散に逃げ出した。

「待て！」

甚兵衛は吉五郎の襟髪をとって引き付け、

「己はいつぞやのたわけ者か。若、こ奴が何ぞ致しましたか……。わ、若……!?」

辰之助を見れば、口許に殴られた傷の跡――。

「そ、そのお怪我《けが》は！」

「こ奴の仕業にござりまするか」

栄三郎は吉五郎を睨みつけた。

「あ、あの、わたしはその……たまたま出した手に、お顔が触れまして……」

　吉五郎は縮み上がった。

「我が君に合わせる顔がござらぬ！　かくなる上はこ奴の首を取り、皺腹かき切って……」

「命ばかりはお助けを！」

　辰之助は爽やかに笑って、

「爺ィ、構わぬ。こ奴も誰ぞに頼まれてここへ嫌がらせに来た由《よし》。つまり、余を殴ったのはそ奴ということになる」

「若君さまは、話のわかるお人でございますねえ……」

　追従笑いを浮かべる吉五郎を、たわけ者めと一喝して、

「そ奴の許へ案内せい。秋月氏《うじ》……」

　甚兵衛は吉五郎を栄三郎に託して、辰之助の前に畏まった。

「おちよ、余の敵は、そなたにとっても憎き相手のはず。これより共に参って片をつけようぞ」

「辰之助様……私のことならどうぞ……」

「よいからついて参れ！」

有無を言わさぬ男の気迫――今日の辰之助は、おちよの遠慮を許さなかった。

「畏まりました……」

頭を下げるおちよに、今度は辰之助の優しさあふれる笑顔が向けられた。

これこそ、甚兵衛が辰之助のために用意をした〝どさくさ〟であった。

お膳立てしてくれたのは栄三郎――昨夜、破落戸共を集めて意気上がる吉五郎の姿を、又平と共にそっと窺っていたのである。

「さあ、案内せい！　少しでも逃げる気配を見せようものなら、おのれ、背中から一太刀に斬る」

吉五郎を脅しつける栄三郎――。

「さあ、共に参ろう」

穏やかに、おちよ、市助を促す甚兵衛――。

そうだったのか。この二人は、辰之助と自分の恋路を実らせようとしてくれていたのだ。そして辰之助は、求婚を袖にされてなお、この苦境を助けに来てくれた。

おちよは、身に降りかかった難儀を、今は素直にすべて辰之助に託そうと思ったのである。

　さて、その頃薬研堀の金兵衛の家には、おあつらえむけに、東屋恒兵衛が来ていて、吉五郎がほどなく首に縄をかけてでもおちよを連れてくるはずだと、二階の一間で金兵衛の機嫌を取り結んでいた。

「そうかい……。ここに連れ込みさえすればこちらのものさ……」

　金兵衛は傍に置いてある折箱の蓋をとった。

　そこから黄金の光がたちこめた。

「この敷き詰められた小判を見て、心動かぬ娘はいないさ。後は痺《しび》れ薬を一服盛って……。ふッ、ふッ、ふッ……」

「へへへへ、よろしゅうございますな……」

　卑しい笑いが部屋に満ちたその時――。

「旦那……吉五郎でごぜえやす……」

　表から吉五郎の声が聞こえた。

　それは普段の威勢のよいものではなかったが、おちよを連れて来たかとの期待が先に立ち、二人は顔を見合いさらに笑った。

　しかし、表が突如として騒がしくなり、

「何でい、お前らは！」

と、下から若い衆の罵声《ばせい》が聞こえてきた。

「何の騒ぎだい……」

金兵衛、恒兵衛が階下へ降りて開け放たれた出入の戸から表を見ると、情けない姿で引き据えられた吉五郎の傍に、質素な姿をした若侍、どこかの用人風の老武士、剣客風の男が並び立っているではないか。さらに、その向こうには、おちよと市助の姿が見えた。

「これはいったい……」

怪訝な目を向ける恒兵衛に、

「とにかく、おちよさんはお連れ致しやした」

消え入りそうな声で吉五郎が言った。

「この男を、おちよの許へ遣わしたのはお前達だな」

「何です藪《やぶ》から棒に。言いがかりをつけに来たのなら、帰った方が身のためですぜ。何なら御役人を呼びましょうか」

金兵衛は吐き捨てるように言うと、用心棒に顎《あご》をしゃくった。

「役人を呼ぶなら呼ぶがいい。まずその前に、こ奴に殴られたお返しをさせて貰うぞ」

「馬鹿馬鹿しい。吉五郎さん、こんな奴らまで連れて来いとは頼んじゃおりませんよ。まったく情けない。さあ、おちよさんをこっちへお連れしておくれ」

金兵衛は辰之助に取り合わず、用心棒にそう言うと踵《きびす》を返した。

「待て、金兵衛！」

辰之助の一喝に、

「おのれ！」

と、用心棒が抜刀し、峰に返して打ちかかった。

「やめた方がいいですよ……」

吉五郎の声は届かなかった——用心棒の刀は、同じく横合から抜刀し、これを峰に返した栄三郎の一刀によって受け止められ、その途端、辰之助が左手で、体を返しつつ突き出した柄頭《つかがしら》を鳩尾《みぞおち》に喰《く》らって、用心棒はたちまちその場に崩れ落ちた。

「雑魚《ざこ》は栄三が引き受けた！」

たちまち栄三郎は、居合わせた二人の若い衆を殴りとばし、蹴り倒した。

「露払い、忝なし。甚兵衛！　一暴れするぞ！」

「はは ッ！」

辰之助は金兵衛を、甚兵衛は恒兵衛を、共に表へ引きずり出して、地面に投げつけ馬乗りになった。

「さあ、役人を呼べ。言っておくが金兵衛、余は直参旗本・永井内蔵助が一子辰之助、お前のような金貸しに殴られ、黙っていては御家の恥辱！　無礼討ちじゃ。覚悟致せ！」

「な、なんと、貴方様が……」

「これ、恒兵衛！　お前は越乃屋の主・嘉兵衛を裏切ったばかりか、その忘れ形見をあの高利貸しの人身御供《ひとみごくう》にしようとは、どこまで性根の腐った奴じゃ。若君に傷をつけられたこの上は、腹を切ってお詫《わ》び致さねばならぬ身、まずその前にお前の首を落としてくれるわ！」

たちまち、金兵衛、恒兵衛の顔が青くなり、おちよ、市助の表情に感動が浮かんだ。

「命ばかりはお助けを……！」

金兵衛、恒兵衛は、主従の恐ろしい形相に本当に手討ちにあうと、恐れ戦《おのの》いた。

「命が惜しくば、己が罪を認め、この場でおちよに謝れ！　謝らぬか！」

辰之助と甚兵衛は、ぽかぽかとそれぞれ、金兵衛、恒兵衛を殴りつけた。すでに往来には野次馬が集まり、この様子を眺めている。これに、破落戸共を叩き伏せた栄三郎が、事の成り行きを触れて回った。

「許して下さりませ……」

金兵衛が音《ね》を上げた。

「白状致します……。あの日わたしは、旦那様が病に倒れられたのをいいことに、金兵衛さんと謀《はか》って、いいように証文を書き換えました。金兵衛さんに店の主人にしてやると言われ、欲にかられて致しました……」

続いて、恒兵衛が思わず口を割った。

「もう構いません！　昔の話を掘り起こしても、誰のためにもなりません。二人を許してあげて下さい」

耐え切れず、おちよが叫ぶように言った。

「おちよ、よくぞ申したな。金兵衛、恒兵衛、おちよの清らかなる心に免じて許してやる。甚兵衛、放してやるがよい」

「ははッ。命冥加《みようが》に適《かな》いし奴め、まずはおちよに謝れい！」

金兵衛と恒兵衛は、おちよの前に手をついて謝った。恒兵衛はただただ許しを

乞い、金兵衛は、決しておちよに邪心はなかったと、くどくど言い訳をした後、

「越乃屋は、おちよさんにお返し致しますので、どうぞ穏便《おんびん》に、おとりはかり下さいまし」

と、保身に必死である。

「たわけめが！　今さら店を返されたとて、おちよは困るだけじゃ。この娘は永井家用人大山甚兵衛が養女となって後、しかるべき所に嫁ぐ身なのじゃ」

甚兵衛はそれを一喝した。

「あ……」

と、驚くおちよの目から一条の涙がこぼれ落ちた。隣に控える市助は先ほどから泣いている。

「おちよ、この老いぼれの養女では不足かもしれぬが、辛抱してくれ……」

「私は……私は……」

「おちよ、泣くでない……さあ、参るぞ」

辰之助が、おちよを優しく促し、歩き出した。甚兵衛が市助を促し、これに従う。

「おちよ、これよりそなたの母御に会いに参る。この先、母御と市助も余に任せ

よ。嫌だとは言わせぬぞ。さあ、笑ってくれ……」

辰之助は、おちよにそっと囁いた。

「辰之助様……」

こっくりと頷き、笑おうとしても、涙が止まらぬおちよであった。

「さあさあ、喧嘩は終わった。皆、帰った帰った……」

この先、幾多の苦労はあっても、甚兵衛の命よりも大事な若の恋は、成就されるであろう。

栄三郎は野次馬達を去らせながらそう願った。

七

それからしばらく、冬とはいえ温かな日が続いた。

辰之助が甚兵衛と共に大暴れしてから十日ほどが経ち、栄三郎は、本所の永井勘解由屋敷に、用人・深尾又五郎を訪ねた。

町場で暴れたことの町方への根回しなども、あれこれ手伝った栄三郎への手間が二両では気の毒だと、深尾がさらに二両を足そうと、呼んでくれたのである。

ありがたく心遣いを受けた栄三郎に、深尾は、あれからの辰之助、甚兵衛主従の様子を面白おかしく伝えてくれた。

頬笑ましい二人の画策によって、晴れて甚兵衛の養女となったおちよは、まず、当主・内蔵助の目通りを得て、すっかりと気に入られたそうな。だが、辰之助の嫁にする話はまだ伺いをたてていない。この先、辰之助の妻になるためには、さらにどこぞの旗本家の養女とならねばなるまい。

「さて、これからまだまだ難題はあるに違いないが、大山殿は一旦こうと決めたら必ず貫き通す男ゆえ、何とかなろう」

町の者達の面前で、かつての悪事を思わず白状してしまった、金貸し金兵衛と、東屋恒兵衛――おちよの許しを得て言い逃れたとしても、世間の目はかわし切れぬ。金兵衛は姿をくらまし、東屋の信用は地に落ちたか、閑古鳥《かんこどり》が鳴いているらしい。

何はさて無事に〝取次〟も終わった――。

その日は早々に、深尾の御長屋を出た栄三郎は、屋敷の表まで見送りに出てくれた深尾と、近々また〝やまくじら〟で一杯やろうと再会を約し、別れようとした時。ちょうど屋敷へ戻って来た外出の一行に出くわした。

「おお、萩江《はぎえ》様でござる。今日は奥方様の御代参にお出ましでな」

深尾は少し意味あり気に栄三郎に告げた。

「萩江様……」

途端、栄三郎の胸は高鳴った。

半年ほど前に、永井勘解由の息女・雪《ゆき》の婿養子となった房之助——その生き別れになっていた姉・久栄を、深尾の依頼によって栄三郎は密かに見つけ出した。

その久栄は、おはつという名の女郎となって、身を売った金で、落魄《らくはく》した家を助け、房之助を世に出した哀《かな》しい身の上であったからだ。

栄三郎に見つけ出された後は、この永井家に引き取られ、名を萩江と改めて、穏やかな日々を送っている。

それゆえに、深尾はその名を意味あり気に栄三郎に伝えたのであるが、栄三郎の胸の高鳴りの理由は知る由もない。

おはつと呼ばれた女郎の頃——今から五年以上前のこと。栄三郎とおはつは偶然にも一夜を馴染み、互いに惹かれあった仲であった。

今は町場の無名の剣客と、三千石の御世継の姉君——二人だけの秘密と誓い合ったが、忘れようとして忘れられぬあの夜の思い出が、今でも時折蘇《よみがえ》り、胸を切なくするのである。

「お手前のお蔭で、穏やかにお過ごしでござるぞ」

深尾は近付く一行を見て、栄三郎にそう耳打ちすると、道の端に畏まった。

これに倣《なら》う栄三郎の目の前を、婦人を乗せた駕籠が通り、その御簾《みす》が内より上げられ、顔を覗かせた萩江が会釈した。

すっかり武家の婦人と変わった萩江は、瓜実《うりざね》顔の整った目鼻立ちに化粧がよく映《は》え、はっとするほど美しかった。

はからずも栄三郎と出会えた喜びと、ただすれ違うだけの哀しさが、複雑に混ざりあっているかのように、その目は落ち着きなく栄三郎を見つめていた。

少しの間、顔を見合った二人は、ただそれだけで言葉を交わすこともなく別れていった。

深尾又五郎とのつながりが、依然、栄三郎と萩江を細い糸でつないでいる。

いつか会えるかも知れぬという淡い喜びと、その細い糸があるゆえに思い切れない苦しみが、今日の出会いで、再び栄三郎の胸を揺らすことは間違いない。

身分違いの恋を成就させせんとする辰之助の若さが、無性に羨ましく思える栄三郎であった……。

第四話

浅茅《あさじ》ケ原《はら》の決闘

一

「久し振りの江戸だな」

「ああ、まったく、楽しみだ」

「子供のようにはしゃぐな。江戸がそんなに恋しいか」

「ふん、良い想い出が無いとは気の毒なことよ」

「何だと……」

「下らぬことで揉《も》めるな。金さえあれば、江戸ほど楽しい所はあるまい」

「お頭《かしら》の言う通りだ……」

「こ度の出府は、存分に楽しもうではないか……」

中山道《なかせん》にからっ風が吹き抜ける。

上州倉賀野《くらがの》から新町《しんまち》へ差し掛かった街道を、五人の浪人が旅路を急いでいた。

一様に筋骨逞《たくま》しく、顔や体のそこかしこに刀疵《かたなきず》が刻まれている五人が、一団となって歩く姿は何とも物々しく、すれ違う者は端に寄り、その後から来る者は、わざと休息しやり過ごした。

浪人達が叩《たた》く無駄口を聞くに、五人は江戸へ向かっている。

しかも、浪人達に剣客の品性は見当たらぬ。

いずれ、よからぬことをしに旅に出たのであろう。

「ただ一人を斬るだけで、前金に五十、後で百……。おれ達はついている」

果たして〝お頭〟と呼ばれた浪人は、物騒な言葉を口にしてニヤリと笑った。

左頰を縦にはしる刀疵が、えぐれた頰のくぼみに埋《うも》れた。

革の袖無しを着たこの浪人は、相当腕が立つのか、荒くれ達にものを言わさぬ威風を漂わせている。

「年の内に片をつけ、めでたく江戸で正月を迎えたいものだ。なに、聞くところによると、奴《やつ》は女と離れ、飲んだくれているとか。気楽流の遣い手だとて、わけもあるまい……」

上州に吹くからっ風は〝赤城《あかぎ》おろし〟と言われる。

遥《はる》か北方の山の向こうに雪を降らせた風が、水気を失い乾いた冷たいものとなり、赤城山から吹き降ろす――。

その北風に巻き上げられた砂塵《さじん》が、空を汚した。

立ちこめる砂煙の中に姿を消した五人の浪人は、確実に江戸に歩みを進めている。

連中は、百五十両もの金で雇われ〝気楽流の遣い手〟を斬るという。

只事《ただごと》ではない――。

二

浅草観世音《かんぜおん》の境内《けいだい》には、注連《しめ》飾り、桶《おけ》、餅台、羽子板、凧《たこ》、鞠《まり》……おびただしい数の露店がひしめきあっていた。

江戸の師走《しわす》の歳《とし》の市は、深川八幡宮に始まり、浅草観世音、神田明神《みようじん》社、芝《しば》神明宮、芝愛宕《あたご》山権現、平河《ひらかわ》天満宮と続く。

とりわけ、浅草観世音の市は大いに賑《にぎ》わい、歳の市というとここを指すほどであった。

この日、秋月栄三郎は、又平と共に呉服店・田辺屋の主《あるじ》・宗右衛門、その娘のお咲に付き添って、浅草へと出かけた。

このところ、跡取り息子の松太郎《まつたろう》が随分としっかりしてきたので、時折は店を任せて外出するようにしているというのだが、その実は宗右衛門、あれこれ理由を作って栄三郎と遊びたいのである。

実際、栄三郎、又平の二人と居ると、日々、百人を数える店の奉公人を差配する重圧から解き放たれ、何ともうきうきした心地になり、洒落《しやれ》や冗談のひとつ、自然と口にしている自分が堪《たま》らなく楽しいのである。

大店の主と娘に、剣客風の男と小粋な町の若い者――。

一見、変わった取り合わせの四人は、一日、歳の市を楽しんで、陽《ひ》が陰り始めた頃、浅草観世音の境内を後にして、雷門を潜り広小路へと出た。

広小路とは、明暦《めいれき》の大火の教訓から、幕府が類焼を防ぐために設けた、その名通りの広い幅の道で、江戸の町の随所にあった。ここ浅草広小路は、名刹《めいさつ》・浅草寺の門前ということで、参詣客相手に、そば屋、絵草子屋、水茶屋など、種々雑多な店が建ち並んでいる。この通りをぶらぶらしながら、四人は、船の用意を頼んである今戸橋近くの船宿・浜屋へと向かうことにしたのである。

「まったく、こんな日に限って新兵衛の奴はおらぬようになる。面白うない男だ……」

歩きつつ、栄三郎が溜息《ためいき》混じりに言った。

今日の歳の市には、剣友・松田新兵衛も来ることになっていた。

新兵衛を慕うお咲は、それを楽しみにしていたのだが、俄《にわか》に、相州小田原城《そうしゆうおだわらじ》下に一刀流の道場を構える、上田兵太夫《うえだひょうだゆう》なる老剣客が病に臥《ふ》せっているとの報《しら》せが届き、新兵衛はその見舞に旅立ったのであった。

「以前、随分とお世話になられたとか。御歳を召されているのなら、なおさらすぐに行かねばならないと思われたのでしょう」

お咲は、栄三郎に屈託のない笑顔を向けた。

その目には、新兵衛のことで自分に気遣ってくれることへの感謝と、心配御無用にという強がりがこめられている。

「それが松田先生の御立派なところです……」

「わかったようなことを言うようになりよって」

横で宗右衛門がからかうように言った。

心の内では嬉しいのである。

栄三郎の道場に入門するまでは、一途《いちず》に思いを定めた松田新兵衛を、ともすれば金で買いとって欲しいと言わんばかりの、わがままさを表に出していたお咲に、こうしてまず落ち着いて新兵衛を思いやる心の余裕ができたことが――。

「それにしても、新兵衛の奴は間が悪すぎる。まるで己《おの》が幸せをわざと避けて生きているような……」

くさしながらも、あの仏頂面《ぶっちょうづら》に早く会いたくなる。まことに親友とは不思議なものだと、栄三郎は苦笑いを浮かべた。

「そういえば友で思い出しました……」

宗右衛門が、恰幅《かっぷく》の良い体に似合わぬ、甲《かん》高い声をあげた。何やら楽しそうである。

「この近くに、私の昔馴染《なじ》みがおりましてな」

「昔馴染み……？」

お咲が一瞬首を傾《かし》げて、

「ああ、友《とも》おじさん……」

と、すぐに顔をしかめた。

「何やら面白い人のようですね……」

お咲の様子を見てとり、又平は宗右衛門に問うた。

「ええ、面白すぎて、どうもお咲には好かれていないようで……」

「だが、田辺屋殿にとっては、無二の友なのですね」

栄三郎も興味を示した。

「はい。おめでたい男ほど、何やら気になりましてな」

「わたしも新兵衛によくそう言われますよ」

お咲が〝友おじさん〟と言ったのは、今戸橋にほど近い聖天町《しょうでんちょう》に質屋を構える〝友蔵《ともぞう》〟という男である。

五年前までは、日本橋通南《とおりみなみ》三丁目で、親の代から古道具屋を営んでいたのだが、近所で呉服商を営む幼馴染みの宗右衛門が、

「あんまり身代を大きくしやがるから、面白くねえのさ」

と、新たに株を買って、住居を移し、質屋の主となったのである。

とはいえ、聖天町に移ってからも、以前ほどではないにしろ、宗右衛門と友蔵の交誼《こうぎ》は続いている。

宗右衛門の見るところでは、友蔵がここで質屋を始めたのは、奥山や吉原に近い聖天町辺りで質草の見極めをする方が古道具を扱うより、はるかに活気があっておもしろいからであろう。

そういう、少し〝癖〟のある男だけに、お咲にとっては苦手な小父《おじ》さんなのかもしれない。

「近くまで来て、顔を見せないというのも、後で何を言われるかしれません。少

しの間、お付き合い願えますかな」

　すでに友蔵に会いたくなっている栄三郎に異論があるはずはない。四人は、真《ま》土《つち》山（待乳山）の西麓に、友蔵の質屋を訪ねたのである。

　丸に〝友〟と染め抜かれた藍《あい》の暖簾《のれん》を潜ると、一間ばかりの土間の向こうに座敷が広がり、人目を忍ぶ客への配慮なのだろう、所々に衝立《ついたて》が立ててあった。

　帳場に居た番頭に、「何も言うな」と目で合図をした宗右衛門は、子供のような無邪気さで、栄三郎、又平、お咲を手招いて、土間の右端から奥へと続く暖簾口をそっと覗《のぞ》いた。

　そこは奥の住居へと続く通り庭になっていて、右手に細長い板間があり、新たに入った質草などが置かれている。

　その板間で、転がってみたり、屈《かが》んでみたり、あらゆる体勢を駆使して、壺《つぼ》を眺めている男がいた。

「あれが友蔵です……」

　宗右衛門は声に出さず、栄三郎と又平に頷《うなず》いて見せた。これを見るのが楽しみだと、その目は言っている。

　友蔵の表情が何とも滑稽で、宗右衛門はついに笑い声をあげた。

それから小半刻《こはんとき》ばかり、友蔵は宗右衛門に、質草の呉服の目利きが間違っていないか問いかけたり、うちの娘は嫁いだ先で子を孕《はら》んだが、質屋の娘だから八月で流れるのではないかと心配していると、又平を笑わせ、お咲を呆《あき》れさせたりした。

予想した通り、まことに味わい深い、宗右衛門の昔馴染みとの出会いを喜んだ栄三郎であったが、いつしかその目は、板間の片隅の刀架に掛けられた一振りの打刀に、吸い寄せられていた。

柄糸《つかいと》は鉄紺の正絹、鍔《つば》は松透かし、鞘《さや》は黒石目の上品な拵《こしら》え……。

「さすがはやっとうの先生、お目が高い。それは大した業物《わざもの》ですよ」

栄三郎の様子を見てとった友蔵は、少し誇らし気にその一振りに目をやり、

「お預かりしている間に錆《さび》ついてはいけないと思いまして、時折、手入れをさせて頂いております。というより私は刀好きで……」

と、にこやかに話し出したが、

「よろしければ、拝見させて頂きとうござる」

栄三郎はそれを遮るように静かに言った。

「どうぞ……」

侍口調で言われ、友蔵は畏《かしこ》まって刀を差し出した。

上がり框《かまち》に腰をかけていた栄三郎は、端座してこれを受け取り、懐紙を口にくわえ、一気に抜いて刀身に見入った。

まず表を下から上へ、そして裏を上から下へ——陽に見上げて、陰に見下げる。

たちまち栄三郎の目に光が宿った。そして、日頃は頰笑《ほほえ》みの絶えぬその顔が、刀剣の刃《やいば》の如《ごと》く鋭いものと変じた。

刀身は切先が伸び、刃文《はもん》の焼き幅はやや狭く、龍の彫り物が施されている。

栄三郎が醸《かも》し出す緊張に、一同はただ無言でしばし刀に見入った。

「一竿子忠綱《いっかんしただつな》、二尺三寸五分と見ました……」

やがて栄三郎は刀を鞘に納めると、今度は唸《うな》るように言った。

「仰せの通り！　いや、おみそれ致しました」

友蔵が喜ぶ声に、一同は栄三郎の目利きを称《たた》えて笑い合ったが、栄三郎は業物を見た興奮が醒《さ》めぬのか、

「これはどういう経緯《いきさつ》でこちらへ……」

何処《どこ》の誰がいつ頃質入れしたのか、友蔵に矢継ぎ早に尋ねた。

話好きの友蔵は、よくぞ聞いてくれたという表情を浮かべて、

「この刀にはちょっとした曰《いわ》くがございましてな」

友蔵の話によると――。

一月近く前のこと。松山七兵衛《まつやましちべえ》なる浪人が、この刀で借りられるだけ貸して貰《もら》いたいと、持ちこんできたそうだ。

歳の頃は三十半ば、背はさほど高くなく、体は細身であるが、無駄な肉は削《そ》ぎ落とした、鍛錬の跡が窺《うかが》われる物腰に、いずれの剣客かと思われたという。

そして、これほどの業物を所持しながら、刀を質入れしなければならないことには、ただ、浪人をして食い詰めたというだけではない〝理由〟がありそうにも思えた。

松山七兵衛からは捨鉢な憂いが漂い、頬はこけ、唇に生色がなかった。何よりも旅の途中で、山谷《さんや》町の木賃宿住まいのこととて、〝請人《うけにん》〟が居ないと言うのだ。

質入れをする時は、本人だけでなく、保証人の印が必要である。しかし、闇で取り引きする金貸しもいる。

「刀を検《あらた》めれば、一竿子忠綱の名刀……。この刀があらぬ所に流れてはならないと、とりあえず請人は、田辺屋宗右衛門ということに……」

「勝手におれの名を使ったのか！」

俄に登場した我が名に、宗右衛門は目を剝《む》いた。

「形だけだ。判はついておらぬのだ。お咎《とが》めなどないから心配するな。実は前にも一度使っている」

「聞いていないぞ」

「今はそんなことはどうでもよい！」

「よくはないだろう……」

「まあ聞け。私はこれを十両で引き取った」

「十両……」

栄三郎は値の少なさに意外な顔をした。

「五十両つけてもよいとは思いました。ですが、大金をお渡しすれば、それだけ払う利息もかさみ、ついには流れてしまうことになりましょう。どういうわけだか、この友蔵は、松山七兵衛というお人に、この刀を手放して頂きたくはないと思いましてな。さしあたってまとまった金が入用でないなら、まず十両をお渡しして、刀はいつまでも流さぬようにしておきますゆえ、足りなくなればまたお越し下さいますようにと申し上げたのです」

「なるほど、それはまたお心のこもった応じようにございますな……」

栄三郎は感じ入った。誉《ほ》められて友蔵は、宗右衛門に得意げな目を向けた。

「この次は勝手に名を使うなよ」

宗右衛門は、友の情を称えつつ釘《くぎ》をさした。

「それから何日かして女が訪ねて来ましてね」

「女が……」

栄三郎は相変わらず真顔で聞いている。

「はい。歳の頃は二十七、八でしょうかね。なかなかいい女で、口の利き方、身のこなしから察するに〝それ者《しゃ》あがり〟のような……」

その女は、ここに一竿子忠綱を質入れに来た侍はなかったか、もしその刀が、ここの蔵にあるのであれば、後生だから流れることになった時には私に引き取らせてくれと言ってきた。

「だが、この友蔵は客のことをあれこれと喋《しゃべ》るような男ではない」

「今、何もかも喋っているではないか」

呆れて宗右衛門が口を挟んだ。

「宗右衛門は格別だ」

友蔵はこれをあっさりと聞き流し、

「それで女に言ってやった。お前さんが一竿子忠綱とどういう間柄かはしらないが、もしこの辺りの質屋に出回っているようなことがあったら、私が必ず流れないよう止めておいてさしあげますから、今から二月ごとにここへ訪ねておいでなさいと……」

すると女は、涙を流さんばかりに喜んで、刀の持ち主には、自分がここへ来たことは、くれぐれも内緒にして貰いたいと言い残して去っていったという。

「なるほど……。それは興をそそられる話ですね」

話を聞いて栄三郎は神妙に頷いた。

「その女の人は、松山七兵衛というお侍様を慕っておいでなのでしょう。松山様が日頃差しておられたお腰の物が見られなくなって、もしやと思って方々の質屋を訪ねて回られたに違いありません」

お咲は言葉に力を込めて推量した。

「何だいお咲坊、いつの間にそんな風に考えが及ぶようになったのだい。あ、まさかお前、お侍に恋い焦がれてしまったんじゃないだろうね」

「ちょっと小父さん、よしてよ……」

「そのまさかなんだよ……」

「お父《とつ》つぁん！」

たちまち賑やかな会話が始まった。しかし栄三郎は、ただ心の内に刻み込むかのように、一竿子忠綱の一振りを眺めた後、

「まことに、良い物を見せて頂きました……」

と、静かに一礼すると、目の前に横たえてあった刀を手に取り、恭《うやうや》しく友蔵に差し出した。

「これはどうも……」

友蔵、馬鹿話を中断して、これを畏まって頂いた。

己が剣の師・秋月栄三郎がニコリともしなければ、お咲は大口を開いて叫んでいられない。

黙ってその場に座り直した。

宗右衛門も決まり悪く咳《せき》払いでごまかした。

栄三郎の目は未《いま》だ、友蔵の手に戻った大刀から離れない。

素晴らしい刀を見た興奮と、これほどの刀を手放さねばならなかった侍への同情、そしてその男を恋い慕う謎の女への興味——これが渾然《こんぜん》一体となってしばし

栄三郎を虚《うつ》ろにしているのであろうか。

又平だけは、そんな栄三郎を心配そうに見ていた……。

三

「旦那、まだおやすみじゃあなかったので……」

「ああ、どうも眠れぬでな」

「一杯やりますかい」

「そうしようか……」

「へ、へ、そんなら燗《かん》をつけやしょう……」

浅草観世音の歳の市へ、田辺屋父娘と出かけたその夜――栄三郎は、居室にしている六畳の部屋で、眠れぬ夜を過ごしていた。

友蔵の質屋を出てから、柳橋《やなぎばし》の料理屋で宗右衛門の馳走《ちそう》になり、随分と酒を飲んだはずであったが、目は冴《さ》えるばかりである。

――あの刀のことを旦那は考えている。

この〝手習い道場〟に転がりこんで二年になる。又平は誰よりも栄三郎の心の動きがわかるのである。

「冷えてきやした。ちょいと熱めにしておきやしょう」

又平は火鉢の炭を熾《お》こすと、そこへ鉄の銚子をかけた。燗徳利《どくり》など、まだ出回ってなかったこの頃は、銚子というと、鉄瓶や急須のような恰好《かっこう》をした酒器を指した。そもそも儀式などに用いる長柄の酒器を銚子と言ったらしいが、〝ちろり〟など洒落た物のないこの家では重宝《ちょうほう》する。

たちまち燗のついた酒を、小ぶりの茶碗《ちゃわん》に注《つ》ぎながら、

「旦那、そろそろ話しておくんなさいよ。あの刀の持ち主を、知っていなさるんでしょう」

「やっぱりお前にはわかったか……」

「そりゃあもう……。松山七兵衛という御方でしたよねえ」

「それは仮の名だ。あの刀の持ち主は、陣馬七郎《じんましちろう》という男だ」

栄三郎は、ごくりと茶碗の酒を飲んだ。

燗酒は体中をカーッと熱くさせ、若き日の燃えるような血のたぎりが蘇《よみがえ》った。

陣馬七郎――かつて、気楽流・岸裏伝兵衛の門下にあって、松田新兵衛と〝竜

虎〟と称された剣客である。

七郎の父・理太夫《りだゆう》は、四千五百石の寄合《よりあい》・藤枝外記教行《ふじえだげきのりゆき》の奥用人を務めていたが、外記が、あろうことか吉原の遊女綾衣《あやぎぬ》と心中に及び、主家は改易《かいえき》となった。

〝君と寝やるか、五千石取ろか、何の五千石君と寝よ〟

唄の文句にまでなったこの事件によって、理太夫は禄《ろく》を失い、本所に移り住み、手習い所を開いた。

この時、七郎はまだ十歳であったが、やがて父の手習い所の近くに、岸裏伝兵衛が道場を開くにあたり、入門した。

その後は、めきめきと剣術の才を開花させ、素早い動きと巧知な技で、剛剣・松田新兵衛と並び立つ剣客に成長していった。

内弟子であった栄三郎、新兵衛とは歳も同じ。家が近く、一日中道場に入り浸っていたから、この三人はとにかく仲が良かった。

堅物で融通のきかない新兵衛と、いい加減で遊び好きの栄三郎が衝突すると、理路整然たる物言いで必ず間に入るのが七郎の役回りであった。

今、栄三郎が手習いで使う教授法は、かつて七郎の父・理太夫の手習い所を訪ねた時に覚えたものである。

一人息子の成長を見て、理太夫、その妻・たか女《じょ》は、七郎が二十五歳の折に、次々と安らかに他界した。

「この時、七郎が御父上から形見で貰ったのが、あの一竿子忠綱の一振りだった」

「代々伝わる名刀だったんですかい」

「いや、藤枝外記が心中立てをする前に、お前にはあれこれ迷惑をかけたと、そうっとくれたのだそうだ」

栄三郎は又平を見て小さく笑った。

「そん時ゃあ、もう死ぬ覚悟ができていたってわけで……」

「そういうことだな……」

外記は、吉原通いが過ぎて金に窮し、家財道具や刀槍《とうそう》類に至るまで質入れし、奥用人を務めていた理太夫は大変な想いをしたという。

質入れを免《まぬか》れて、理太夫の手に残ったその一振りが、その息子によって質に入れられたとは真《まこと》に皮肉な話である。

「やはり、松山七兵衛ってお侍は、陣馬様のことなのでしょうかねえ」

「間違いなかろう。まさか七郎が刀を盗まれるわけはない。あれほど大事にしていた一刀を手放すとはよほどの理由《わけ》があるに違いない」

「心配ですねえ……」

又平は栄三郎の茶碗に、熱いのを注ぎ足した。

五年前に、岸裏伝兵衛が俄に道場を畳んで廻国《かいこく》修行に旅立った後、陣馬七郎は松田新兵衛と同じく、己が腕を試しに、伝兵衛が紹介してくれた道場を巡って暮らした。

時折、江戸に帰って来ては、盛り場でうろうろとして暮らしていた栄三郎を、一緒に道場巡りをしようと誘ってくれたものだ。

質屋の友蔵の話では、どこか捨鉢な憂いが漂っていたという。

そして、陰となって七郎の世話を焼く〝それ者あがり〟の女……。

この女が、七郎にとっての救いなのか、それとも、災いのもとなのか。

「旦那、明日はお供を致しやしょうか……」

「そうだな。お前に助《す》けてもらおうか」

栄三郎はぐっと茶碗の酒を飲み干した。

又平は、頼られて顔を綻ばせ、

「こいつを最後の一杯にしときやしょう」

と、鉄銚子の柄を摑《つか》み、栄三郎の茶碗になみなみと注いだ。

翌日――。

手習いの教授を終えると、栄三郎は又平を伴って、浅草山谷町へと出かけた。

松山七兵衛という男は、この辺りの木賃宿に居ると聞いたからだ。

友蔵には、松山七兵衛が、自分の剣友・陣馬七郎であることは知られたくない。何よりも七郎が嫌がるであろう。

山谷町の木賃宿の数は大したものでもないはずだ。栄三郎は又平と手分けして捜してみたのである。

「松山七兵衛様なら確かにお泊まりですよ」

何軒かあたるうち、〝竹山《たけやま》〟という名の小さな木賃宿の女中が教えてくれた。

「でも、今は出ておいでで……。どうせ飲みに行かれたのでしょうね」

女中の話では、〝松山七兵衛〟は昼日中から、飲み歩いていつも酔いつぶれているという。

この宿は、浅草寺の東、聖天町から千住《せんじゅ》大橋へと続く、奥州《おうしゅう》街道沿いにあり、山谷堀界隈《かいわい》の酒場に入り浸っているらしい。

今は師走――日が暮れるのは早いとはいえ、この時分にもう酒場で飲んでいるとは、かつての陣馬七郎には考えられないことである。

栄三郎は、又平を従え、ひとまず山谷堀へと向かった。

大川から西へ、今戸橋の下を流れ込む山谷堀の両岸は、料理屋、船宿、水茶屋が建ち並び、軒行灯《のきあんどん》、提灯《ちょうちん》の明かりが灯《とも》り始め、夢の中にいるような色彩を放っている。

栄三郎と又平は片っ端から、居酒屋、そば屋、屋台店など、飲んだくれた浪人風の姿を捜し求めた。

「旦那、あすこの店で飲んでいる、あのお侍じゃあありませんかい」

やがて、三谷《さんや》橋の北の袂《たもと》にある小体な料理屋へ、又平が栄三郎を誘《いざな》った。

浅葱《あさぎ》色の暖簾には〝しのだ〟とある。出入りの戸は細く開いていて、その隙間から店の中が覗き見えた。所々に書画など飾られていて、人足や職人の見習いには入り辛《づら》い高そうな店のようだ。

座敷の隅に一人の侍が居た。

着くずれた着物は垢《あか》染みていて、鬢《びん》にはほつれが目立つ。焦点の定まらぬ虚ろな目は、盃《さかずき》ばかりに向けられていた。

た。


「七郎……」

すっかり窶《やつ》れ果てているが、紛《まご》うかたなき、かつての剣友・陣馬七郎であった。

「あっしは、先に帰っておりやす……」

「すまなかったな。どこかで一杯やってきてくれ」

栄三郎が渡した一分金は二枚――にこりと笑って一枚を戻して、又平は立ち去った。

何気ない又平の心遣いに目を細める栄三郎に、店の内から声が聞こえた。

「何度来たって、お豊《とよ》ちゃんは出てはきませんよ……」

店の女将《おかみ》らしき女が、新しいちろりを運びつつ、七郎に言った。

「旦那がここに来るとわかっていれば、来るはずはありませんよ……」

「お豊は必ずここへ来る。いや、もう来ていたはずだ」

久し振りに聞く七郎の声は、別人のように嗄《しゃが》れて、舌の回りが悪かった。

「だから何度も言うように、確かに文は来ました。わたしを訪ねてお侍が来たら、〝しのだ〟に行くことはありません。そう伝えてくれと」

「そんな心にもない愛想尽かしを信じるほど、おれは若造ではない……」

「やっとうで鳴らしたお侍さんが、未練ですねえ……」

「何だと……」

「女に逃げられたくらいで、昼間っから酒浸り……。そりゃあ、お豊ちゃんだって、愛想が尽きますよ……」

「黙れ！　お前に何がわかる！」

気色ばむ七郎を、仲間内で一杯やっていた向こうの席の勇み肌の若い衆が見咎め、

「おう、そこのお侍。静かにしねえ、酒がまずくならあ」

「酒がまずくば出て行くがよい」

「何だとこの三一《さんぴん》！　どの女の尻を追いかけているのかは知れねえが、女将が迷惑がっているだろう。叩き出されねえうちに、その口を閉じやがれ」

「叩き出せるものなら、叩き出してみろ……」

「この野郎……」

立ち上がって、七郎に迫る若衆《わかしゅ》を見て、栄三郎は店にとびこんだ。

「すまない、すまない……。こ奴はおれの友達でな。酔った上での戯言《たわごと》と、ここはひとつ、了見してやってくれ。頼む……」

剣客風の武士の新たな登場に一同は面喰《めんく》らっている。

「栄三郎……」

七郎は目を伏せた。今の姿を恥じるところを見ると、まだ武士の魂は捨てていないのか――。

「まあ、旦那がそう仰《おつしや》るなら、ここは顔を立てやしょう」

「そうかい、すまないな……」

片手拝みの栄三郎に、気勢を削がれた若衆は、河岸《かし》を替えようと言いながら店を出ていった。

「女将、おれにも酒をくれ」

にこやかに頷く栄三郎を見て、店の女将はいかにも話のわかりそうな旦那だと安心して、

「ちょいとお待ちを……」

と、板場から心配そうに顔を覗かせる、老板前に「大事ない」と目で言って、酒の支度に入った。

「久し振りだな……」

栄三郎は殊更《ことさら》に明るく振る舞って、七郎の傍《そば》に腰を下ろした。

「松山七兵衛殿」

　七郎の眉がぴくりと動いた。

「栄三郎……。どうしてわかった」

「噂《うわさ》だよ。おぬしによく似た男が山谷堀辺りをうろついていると聞いて、方々訪ねたのだ」

　栄三郎は質屋で聞いたとは言わず、やっとのことで会えたと、七郎の肩を叩いた。

「余計な世話を焼く癖は、変わっておらぬようだな」

「ああ、おれは相変わらずだ。おぬしは随分と変わったな」

「見ての通りだ。陣馬七郎に会おうとしていたのなら生憎《あいにく》だったな。今のおれは、別れた女の行方をめそめそと追いかける、ただの飲んだくれだ」

「理由があるのだろう。どうだ、山谷町の木賃宿などはらって、おれの所に来ないか。前に文で知らせただろう。京橋水谷町で手習い所を開いているのだ。新兵衛も近くに住んでいて、そこで町の者相手に剣術の稽古もしている……」

「おれに構うな……」

「七郎……」

女将が酒を運んできた。栄三郎は一度言葉を切って、ちろりの酒を盃に移すと、ぐっと呷《あお》った。松田新兵衛と並ぶ、岸裏道場の俊英が何という無惨なことになっているのだ。あの、颯爽《さつそう》たる構えから繰り出す、恐るべき連続技で知られた陣馬七郎は、栄三郎にとって自慢の友であったのに……。

何事もないように笑顔で接するつもりの栄三郎であったが、酒の力を借りずにはいられなくなった。

友を想う男の心が伝わったか、女将は美しい物を見るような目を栄三郎に向けて、その場を下がっていった。

「七郎、お前の身にいったい何が起こったのだ」

栄三郎は語気を強めた。

「おれに構うなと言ったはずだ……」

七郎はただ、酒を飲み続けている。

「どうしてだ。剣の腕は新兵衛にひけをとらず、それでいて新兵衛より人付き合いもよく、堅物でもなく、おれのようにいい加減ではなく……。剣客として世に出るべきおぬしがどうして……」

「簡単なことだ。おれは新兵衛より、己を律する意志が弱く、栄三郎より世慣れておらなんだ。それだけだ」

「おれは今、貧乏人相手の手習いだけでは方便が立たず、町の者と侍の間をとり持つ、取次屋というものを内職にしている。おぬしから金を取るつもりはない。とにかく理由を話してはくれぬか」

「おぬしに武士の情があるなら、理由など聞くな。思い出したくもない話だ」

そう吐き捨てると、七郎は縺《もつ》れた足で立ち上がった。

「陣馬七郎は死んだ……。さらば……」

「待て。自慢の一竿子忠綱はどうした」

命より大事にしていた刀を問われ、脇差のみを帯する七郎の顔に一瞬苦渋《くじゅう》が浮かんだ。

「おれは剣を捨てた。もう無用のものだ。女将、代はここに置いておく」

と、紙入れを出すのを栄三郎は止めて、

「ここはおれが払おう。せめてもの、おぬしが帰った祝いだ……」

と、声を振り絞った。

友の想いが胸に届いたか否か――七郎は僅かに黙礼をすると店を出た。

かける言葉もなく、見送るだけの栄三郎の傍へ、神妙な面持ちで女将が寄ってきた。いつしか客は絶えていた。

「御代は結構でございます」

女将は丁重に頭を下げた。

「もう来てはくれるなということだな。すまなかったな」

「いえ、そうではございません。不躾《ぶしつけ》ながら、先ほどからあなた様の御様子を見ておりました。陣馬様にこんなにいい御友人が居たとは……。私はひろと申します。あなた様を男と見込んでお願い申します。お豊さんに会って、相談に乗ってやって下さいませんか」

「お豊……。七郎が捜しているという女だな」

「わたしの、昔馴染みでございまして」

「居所を知っているのか」

「はい」

「おれに教えていいのかい」

「人を見る目はあるつもりです。どうかこれで……」

おひろは二両包んで無理矢理、栄三郎の手に握らせた。

「わたしにはこれくらいのことしかできません。どうか、昔馴染みのために世話を焼かせておくんなさいまし」

「お前さんも、お節介だな……」

栄三郎はニヤリと笑った。友を想う心は互いに同じだ。

外には雪がちらついてきた。

おひろの温かな情が、栄三郎には何よりもありがたかった。

四

時を移さず、栄三郎は大川沿いに北へ、橋場《はしば》の渡しを抜け、真崎稲荷《まつさきいなり》へと向かった。

この辺りは、隅田川の景観を楽しめる行楽地で、稲荷の境内には料理屋が建ち並び、春ともなれば対岸の大堤に咲く満開の桜を愛《め》でる客であふれる。

稲荷の北に、酒井雅楽頭《さかいうたのかみ》の下屋敷があり、さらにその向こうに、ひっそりと佇《たたず》む寮がある。

そこは〝しのだ〟の女将・おひろの〝旦那〟の持ち家である。

かつて、おひろは下谷広小路の水茶屋で働いていた。

水茶屋とはいうが、ここの女達は客をとる。所謂《いわゆる》〝隠し売女《ばいじょ》〟であった。
この店に立ち寄った木場の材木商に、おひろは気立ての良さが気に入られ、落籍《ひ》
されか後《か》〝しのだ〟の女将に据えられたのだが、この水茶屋で苦楽を共にした
のが〝お豊〟であったのだ。
冬場は殆《ほとん》ど使うことのない真崎の寮に、お豊は居るという。
いけ垣が巡らされた、趣《おもむき》のある寮の腕木《うでぎ》門は茅《かや》ぶきで、突然の来訪に備えて
いるのか、軒行灯に灯が入っていた。
栄三郎は、案内を乞《こ》い、出て来た寮番の老爺《ろうや》に、おひろからの文を渡した。
一緒に渡した小粒が利いたか、老爺は、ちょいとお待ちをと、栄三郎を出入の
土間まで案内して、文を手に奥へ走ると、すぐに離れ屋へと通してくれた。
そこに、雪のちらつく庭を眺める、お豊の姿があった。
お豊は、栄三郎を見ると深々と座礼して、縁の戸に手をかけた。
「いや、開けたままでいいさ。寒い夜でも、ここの眺めは風情があっていいや
……」
くだけた調子で話しかける栄三郎に、お豊の緊張がたちまち解けたようだ。
「秋月栄三郎様でございますね。思っていた通りのお方でございました」

「何だ、七郎から悪い噂を聞いていたんだな」

栄三郎は嬉しそうに笑った。七郎は栄三郎のことを度々話題にしていたようだ。

なるほど、質屋の友蔵が言っていた通り、そこはかとなく〝それ者あがり〟を思わせる、なかなかにいい女である。だが、身を売っていたという、どこか荒《すさ》んだ灰汁《あく》が漂っているわけではなく、丸みを帯びた体つきが何とも情が深そうである。

かつて七郎と遊里に繰り出した時、

「おれは、優しくて、情の細やかな女が良い」

と、恥ずかし気に言った七郎の姿が思い出された。

「話は何とはなしに〝しのだ〟の女将から聞いたが、今一度、お前さんから、陣馬七郎との経緯を、順を追って聞きたくてここへ来たんだ。その上で、七郎の身も立ち、お前さんの想いも叶うように絵をかきたいと思ってな。一竿子忠綱のことも……」

「刀のことを……」

お豊は驚きの目を向けた。

栄三郎はその目を見つめて大きく頷いた。

はらはらと舞い込んだひとひらの雪が、二人の間に置かれた丸火鉢を〝ジュッ〟と唸らせた――。

「おひろさんが落籍されてすぐに、わたしは上州倉賀野から江戸に所用があって来たという、白舟屋《しらぶね》勘六《かんろく》という男に、妻にと望まれたのでございます……」

勘六は、商人にすればどことなく荒くれた風があったが、廻船業を営む身には、それくらいの俠気《きょうき》もなくてはならないのだろうし、身を売る出自も、遠く離れた所なら少しはきれいになるかもしれぬと、お豊はこれに身を任せた。

強引な勘六に、上州へ攫《さら》われたと言えなくもなかったが、所詮は売り物買い物の身である。

妻にと望まれては拒めなかった。

ところが、倉賀野に着いてみると、勘六には立派な女房がいた。

倉賀野で、白舟屋という廻船問屋を営む勘六は、博奕《ばくち》打ち達を束ねる処《ところ》の顔役であった。

お豊を旅籠《はたご》の女将に据えて、

「女房にすると嘘《うそ》をついたのは、それだけお前に惚《ほ》れてたってことさ。食いつめて、口減らしに水茶屋奉公させられた身が、今じゃ旅籠の女将だ。文句を言われる筋合いはねえぜ」

こう嘯《うそぶ》いたという。

おひろとて材木商の妾《めかけ》となったが、その旦那は、おひろを騙《だま》そうとはしなかった。

男の真心を端《はな》から信じるほど、まともな暮らしを送って来たわけではないが、騙されて連れてこられたという想いは拭えず、それでいて、やくざの親分の情婦となっては、飽食して身を飾り、姐《あね》さんとおだてられて暮らすしか楽しみはない。

お豊はそれが幸せだと思える女ではなかった。

勘六に愛情のかけらも覚えられなくなった今、せめて旅籠の女将を立派に務めようと、約《つま》しく商《あきな》いに精を出し、心の中を吹き抜ける隙間風を鎮めようとした。

だが、女房の手前、旅籠の女将に据えているだけの勘六にとって、そういう女はどこか蔭《かげ》がさしていて、無言で不実を詰《なじ》られているようで可愛《かわい》くはない。

「江戸の女も大したことはない……」

旅籠の商いが順調なら、稼がせておけばよいと、土地の女に手を出し始め、お豊には見向きもしないようになる。そうすると、廻船問屋の女房が、妾に対してあれこれと意地の悪い仕打ちをするようになった。

こういう時、勘六に甘え、その庇護《ひご》を受ければよいのだろうが、倉賀野にあって、金のためなら平気で人を殺すような勘六に、自ら秋波《しゅうは》を送るくらいなら、外出先で罵られ、水を頭からかけられても、本妻に苛《いじ》められている方が、まだ人らしく生きられた。

そうして、哀れな〝籠の鳥〟として暮らすお豊の前に、ある日現れたのが陣馬七郎という旅の剣客であったのだ。

その日、お豊は飯玉《いいだま》大明神参詣の帰り、暴漢に襲われ、危うく攫われそうになったところを七郎に助けられた。

五人の頬被《ほおかぶ》りの破落戸《ごろつき》を、右に左にあっという間に、鉄扇一本で叩き伏せたその身のこなしは、

「まるで天狗《てんぐ》が舞い降りたかと思いました」

しかも、天狗の正体が、目鼻立ちの整った涼やかな剣客であったから、お豊はさらに驚いた。

頬被りの五人は散り散りに逃げたが、勘六と対立する〝綿屋丈八《わたやじょうはち》〟の差し金

に違いなかった。

丈八は、倉賀野の問屋場を仕切る、こちらも処の顔役で、博奕場の縄張りなどで、事あるごとに白舟屋一家と小競り合いを繰り返していたのだ。

「大事ないか……」

呆然《ぼうぜん》としてその場にしゃがみ込むお豊を、七郎は何事もなかったように、手を取って立たせてくれた。竹刀《しない》だこが出来た手の平は温かった。

「ありがとうございます……」

深々と頭を下げたのは、お豊が持つ〝真の顔〟を見られたくなかったからである。

身を売って暮らす女には、知らず知らず、常日頃は人に見せぬ〝真の顔〟が出来てしまう。

出来てしまうというか、苦界《くがい》に沈んだその日から隠し持つ、乙女の顔かもしれない。

七郎に手を取られ、頬笑まれた時、お豊の内なる女の心が外界に飛び出し、旦那を持つ身でありながら、不覚にも〝真の顔〟を現したのだ。

勘六にはついぞ見せなかったその顔を……。

お豊は七郎に恋をした。

「そうか、旅籠の女将か。ちょうどよい。泊めてもらおう」

話を聞いてお豊の旅籠に泊まった七郎であったが、これが勘六を大いに奮い立たせた。

噂では、敵である綿屋丈八は腕の立つ用心棒を一人雇ったという。

そこに、天狗と見紛う陣馬七郎の登場である。勘六は何としてもこの侍を己が懐の内に留《とど》めておきたくなった。

「この度は何と御礼を申し上げてよいやら。先生のような御方がこの宿場においでとは……。手前共は仕事柄、荒くれを抱えておりまして、いかがでございましょうかねえ。奴らにひとつ、やっとうの手ほどきなどして下さいましたら、馬鹿どもも少しは落ち着くのではねえかと……」

「うむ、それもよいかもしれぬな」

人が良くて、教えることでまた学ぶことがわかるというのが信条の七郎は、快くこれを引き受けたが、心の奥底では、お豊という女に惹《ひ》かれていたのかもしれない。

「お豊、しっかりと先生のお世話をするんだぞ……」

勘六の言葉に、胸躍るものを覚えたのは、無論、お豊とて同じであった。

河原に荒くれを集め、剣の技と心を教える七郎の姿をうっとりとして遠く眺め、お豊は甲斐甲斐《かいがい》しく世話をした。

幸せであった。

この男の前では、真の顔を見せられる。

数日過ごして、七郎にはこの町の様子が見えてきた。

調子のいいことを言っているが、勘六はこの辺りを仕切るやくざ者で、敵対する勢力への牽制《けんせい》のために自分を利用している。

そして、旅籠の女将は、勘六によって飼い殺され、無為な日々を送っていることも――。

お豊のことは気になるが、この町に長居は出来なかった。

「先生、しばらくここへ御逗留《とうりゆう》頂いて、あれこれと助けてもらえませんかねえ。先生が江戸へ戻って、立派な道場を構えられるくらいのことはお約束致しますから……」

「気持ちはありがたいが、まだ廻《まわ》らねばならぬ所が多々あってな」

勘六の誘いを断り、次の土地へと旅立つつもりの七郎であった。

だが勘六は老獪《ろうかい》である。伊達《だて》に看板を張ってはいない。

「お豊、お前がしっかりと先生をおもてなししねえから、先生はこの町に飽きてしまわれたんだ！」

お豊に辛く当たり、七郎の後ろ髪を引いた。

勘六は薄々、二人が惹かれ合っていることに気付いていた。

そして――。

その夜も雪がちらついていた。

夕刻に、白舟屋に呼び出され、七郎の動向をあれこれ聞かれた後、酒、金、女……、何を与えてでも留め置くよう厳命を受けたお豊は、店の表で勘六の女房に打ち水の手がすべったと、また、水を浴びせられた。

「おや、泥棒猫が、濡《ぬ》れ鼠《ねずみ》になっちまったよ」

女房は歯肉《はじし》を見せて嘲笑《あざわら》った。廻船問屋の女房に収まったとはいえ、元はといえば田舎の芸者上がり、お豊の不幸をわからぬはずもあるまいに……。

寒空の下、濡れた着物に体を震わせ旅籠に戻ったお豊を、ちょうど荒くれに稽古をつけて戻った七郎が認めた。

「どうした、濡れておるではないか。何事かあったのか」

真心の籠った七郎の声を聞くと泣けてきた。

「何もございません。何も……」

外に雪が降り出し身は震えても、初めて温かい人の情に触れた想いがした。

お豊の涙に、七郎の血が熱く滾《たぎ》った。

酒も金も女も固辞してきた七郎が、その夜は何ともやるせなく、お豊に酒の用意を頼んだ。

濡れた着物を着替え、冷えた体を湯で温め、七郎の部屋で二人きり、熱い燗酒を注ぐお豊の体からは、甘い女の匂いが立ち上る。

「陣馬様、すぐにここをお立ち下さい。あなたのような御方が、こんな所に居てはなりません」

愛《いと》しい殿御の未来を狂わせてなるものかと、勘六の言いつけに背いてまで、縋《すが》るような目を向ける女の、何といじらしく可愛いものか……。

細めに開いた部屋の窓から舞い降りた雪が、お豊の頰を濡らした。

七郎は窓を閉めると、そっと指でその雪の滴《しずく》を拭ってやった。

いつしか二人は身を寄せ合い、絡み合い、夢の向こうへ落ちていった――。

そこからはもう夢中であった。

ならぬ仲と思えばますます募る熱情に、幾度逢瀬《おうせ》を重ねたことか。

これが勘六の目にとまらぬはずはない。

ある日、いつものように荒くれどもに稽古をつけに河原に向かうと、そこで勘六の詰問《きつもん》を受けた。三十人ばかりの乾分《こぶん》どもが取り囲んでのことである。

「先生、あっしは何も、お豊まで可愛がってくれとは頼んじゃおりませんぜ……」

言い逃れをしても無駄だ、二人のことは知れている。この落とし前をどうつけてくれるのだと、勘六は牙《きば》をむいたのだ。

「先生ほどの御人に凄《すご》んだところで、あっさり斬られるだけだろうが、こっちも白舟屋の意地がある。先生、ここに三十人ばかり骸《むくろ》を並べてみますかい。そん時ゃあお豊も生きちゃあおりませんぜ」

必ずこういう日がくることはわかっていた七郎であった。その時は勘六を斬ってでもお豊を連れて逃げようとまで心に決めていた。

だが、勘六にはそんな七郎の心の内はお見通しであった。三十人、斬られてやろうと凄まれては返す言葉もない。返答しだいでは、お豊は捕まって殺されるであろう。七郎は言葉に窮した。

そして、張りつめた空気が流れる中、意外や勘六は愉快げに笑い出した――。

「はッ、はッ、冗談ですよ……。悔しいけれど、おれはあんたが気に入った。この上はおれも男だ。惚れた同士一緒にさせて、この倉賀野から送り出してさしあげましょう」

「まことか……」

「先生とあっしが喧嘩《けんか》をして、何の得になりましょう。だが、物事には貸し借りってものがある。こっちの頼みも聞いてもらいますぜ」

「わかった……」

否《いや》も応もなかった。処の顔役の女を寝盗《ねと》ったのは自分の方であった。

果たして勘六の頼みとは――綿屋丈八の用心棒・冨田源十郎《とみたげんじゆうろう》を斬ることである。

源十郎は、関八州の博徒達がこぞって雇いたがった剣客崩れであった。それを、綿屋丈八が招くことに成功したため、勘六は陣馬七郎を何としてでも手許《てもと》に置いておきたかったのだが、いよいよ二日前に源十郎が綿屋に食客《しょっかく》として入ったというのだ。

この源十郎を斬れば、倉賀野は白舟屋の手に落ちよう。そして、七郎はお豊と晴れて一緒になることができる。

勘六の頼みを受けた七郎に、

「わたしは死にます……。あなたに何ということをさせてしまったのでしょう……」

お豊は涙ながらに詫《わ》びたという。

「冨田源十郎……。いかなる男か……」

引き受けた翌日。

七郎は、そっと源十郎の様子を窺おうと、綿屋丈八が差配する問屋場の裏手の空地へと向かった。そこで、源十郎は抜刀の稽古をしていると聞いたからだ。

勘六の乾分の案内で、雑木林を通って、そこへ近付いた時であった。

七郎の四肢に緊張がはしり、

「退《さ》がっていよ……」

低い声で乾分に告げると、七郎は右手を刀の柄にやり駆け出した。

途端——木蔭から大兵《だいひょう》の侍が躍り出した。

冨田源十郎であった。連日、白舟屋の荒くれに稽古をつけているという剣客を、手強い奴と見て、おびき出して不意討ちにしようと思ったのだ。

いずれまみえねばならぬ相手であることは源十郎も承知していた。

だが、岸裏道場にあって抜群の腕前を誇る陣馬七郎——やくざ相手の用心棒とは訳が違う。

駆けつつ抜刀すると、大樹の裏に消えたかと見えたが、今度はいきなり姿を現し、正面から斬り込む。変幻自在の七郎の動きに、さすがの源十郎も戸惑うばかりであった。

「おのれ！」

苛々《いらいら》として横に薙《な》いだ一刀を、七郎は軽々と源十郎の頭上を飛びこえかわした。そして、慌てて振り向き様にくれた源十郎の二の太刀を、愛刀、一竿子忠綱で受け止めたと思うと、

「やあッ！」

次の瞬間、七郎は見事に抜き胴を決めていた。

その場に崩れ落ちた源十郎を見て、勘六の乾分は唸り声をあげた。それと同時に、雑木林に潜んでいた丈八の乾分達が逃げ出した。

いきなり斬りつけられたのは、七郎にとっては幸いだった。勘六はこれを言いたて、一気に綿屋一家に攻勢をかけた。七郎の手練を見せつけられた乾分達は腰

砕けとなり、あっという間に丈八は追い詰められ、勘六に和議を乞うて、倉賀野から出て行った。

話を聞いて、栄三郎は何度も頷いて、七郎の雄姿《ゆうし》を思い浮かべた。

「それで、七郎とお前さんは、晴れて一緒に倉賀野を……」

「はい……。勘六は私に路銀までくれて……。内心は面白くはなかったでしょうが、恰好をつけたのでしょう」

お豊はふっと笑った。晴れて一緒になれると思ったあの日の幸せを嚙《か》みしめるように。

「ところが、そうはうまくいきません……」

倉賀野を出た日――七郎とお豊は、冨田源十郎の仲間と思《おぼ》しき浪人達に、船着き場の手前で襲われた。

変幻自在の動きも、女連れでは力が出ず、あわやという所を、船着き場に関八州取締出役の一行が巡回に現れて難を逃れた。

「それから方々巡り歩きました。あの人と二人で行く道中は、生まれてこの方、初めて味わう、幸せでした。でも……。日が経つにつれて、あの人を想えば想うほど、わたしがあの人の行く末を台無しにしたのではないかと……」

女連れでは剣客修行などままならず、二人の旅は、ただ追手を逃れるだけのものになっていた。

「お前のために剣を捨てるなら惜しくはない……」

七郎の言葉がお豊には辛かった。

「もし、またあの浪人達が襲ってきたら、わたしは足手まといになりましょう……」

「それで、七郎を置いて一人で旅に出たのだな」

「はい……」

お豊は、七郎が外出した隙に、書き置きを旅籠に残し、行方をくらました。

〝これにておいとまもうします、とよがこと、きれいにわすれてくださりますよう〟

むやみに外へは出るまいぞと、行きがけにお豊に頰笑んだ七郎の顔が浮かんで、終わりの字は涙でにじんでいた。

江戸へ出て〝しのだ〟におひろを訪ねたところ、すでに七郎が、お豊の消息を聞きに来ていたとのこと。

様子を聞くに七郎の腰に、自慢の刀は見当たらず、お豊は人目を忍んで質屋を巡ったという。

「刀のことは安心するがよい。この栄三郎が何としても流させはせぬ。だが、このままでは、七郎はいつまでもお前のことを忘れられず、飲んだくれてさまようばかりだぜ」

「きっぱりと、お別れを言いに参ります」

「それでいいのかい」

「はい……」

凛《りん》としてお豊は言い切った。七郎には、こんなに頼りになる友人がいる。やくざの囲われ者のことなどいつか忘れて、出会った頃の凛々《りり》しい剣客の姿に戻ってくれるであろう。

その姿を、どこかの蔭から一目見れば、胸の内に秘めたお豊の恋は続くのだ。

「そのためなら、わたしは鬼にだってなります」

女の決意の固さは、栄三郎には揺ぎのないように見えた。

栄三郎は、このいじらしい女にかける言葉を探しつつ、しばし、舞い散る雪を眺めていた。

五

「怪《け》しからぬ！　まったくもって怪しからぬ！　栄三郎、すぐに七郎の許へ案内《あない》しろ。おれは奴を殴る！」

栄三郎が、真崎にお豊を訪ねた翌朝――。

小田原から帰ったと、松田新兵衛が手習い道場に訪ねてきた。

見舞った上田兵太夫は、病状を持ち直し、すっかり元気になったと上機嫌の新兵衛であったが、栄三郎から陣馬七郎の一件を聞くや、いかにもこの男らしく、気楽流の名を汚す奴めと、大いに憤慨したのである。

「まあ待て新兵衛。今、七郎を殴ったところで奴の目は覚めぬ。かえって自棄《やけ》をおこすやもしれぬ」

「自棄をおこすならおこすがよい。武士の魂である刀を質に入れ、女を追い回して飲んだくれて居る奴に遠慮などいらぬ」

「殴るなら、せめて奴の体から酒が抜けてからにしろ」

「うむ……」

「まず、奴を正気に戻そう。それができるのは、岸裏先生の他に、おれとお前だけだ」

栄三郎に説かれて、新兵衛は大きく息を吐いた。

「それで、その女は……」

「今日の夕刻、七郎を〝しのだ〟に呼び出し、自ら別れを告げると……。二人で見守ろう」

「わかった……」

新兵衛はやっとのことで怒りを鎮めた。

「あ、新兵衛先生だ！」

「おはようございます！」

折しも手習い子達が次々にやって来て、たちまち新兵衛の顔をにこやかなものに変えていった……。

八ツ刻（午後二時頃）となり、手習いを終えると栄三郎と新兵衛は、山谷堀の〝しのだ〟をそっと裏口から訪ねた。

この日、まだ日の高いうち——七郎が木賃宿で惰眠をむさぼっている間に、おひろは人を遣《や》って、はっきりと直《じか》に会って別れを告げたいというお豊の文を届けさせた。

もしも話がこじれた時のためにと、栄三郎は新兵衛と共に奥の小部屋から、密《ひそ》かに七郎とお豊の様子を窺うことになっていた。

「女将、迷惑をかけた……」

おひろに会うや、神妙に詫びる新兵衛を見て、おひろはすっかりと気持ちを落ち着かせることが出来たと喜んだ。

二人が訪ねてすぐに、お豊との再会が待ち切れぬ陣馬七郎はいそいそとやって来た。

「お豊がおれに別れを言うだと……。ふん、どこまで見えすいた愛想尽かしか、この目で見届けてやるさ……」

表情ひとつ変えず、虚ろな目でそう言うと、すぐに七郎は酒を頼み、飲みだした。

「七郎……」

そっと覗き見た新兵衛は、声を押し殺し、〝見損なったぞ……〟という言葉を飲みこんだ。

女は七郎を想い、姿をくらました。その気持ちを分かりつつ、女が何より見たくない惚れた男の醜態《しゅうたい》を、何故に七郎の奴はかくも晒《さら》すのか――新兵衛には、惚れた弱み、失恋の痛手が何たるものかまるで理解できない。

――新兵衛はそれでよいのだ。

栄三郎はそう思いながらも、旧友の不様な姿に目を覆うのであった。

文の刻限とした、夕の七ツ（午後四時頃）は、長い沈黙の中、訪れた。店には、商家の隠居風の老人が二人、酒を楽しみにやって来た。

ただ、普段通りの酔客の賑わう料理屋で、さらりと別れを告げて、立ち去るつもりのお豊であった。

だが、半刻経ってもお豊は店に現れなかった。

「お豊は何をしておる……」

待つ間に七郎の酒量は増え、顔に険が立つ――。

「様子を見させて参りましょう」

真崎はここからほど近い。おひろは七郎を宥《なだ》め、店の小女を走らせた。

ところが、真崎に行って戻って来た娘が言うには、とっくにお豊は寮を出たという。

「おのれ、おれを愚弄《ぐろう》致すか……」

おひろが宿に届けた文の手は確かにお豊のものであった。

「お前らが、お豊をおれに会わさぬようにしているのであろうが！」

気色ばみ、よろよろと立ち上がる七郎を見て、隠居風の二人を始め、店の客が何事かと息を呑《の》んだ。

「これはいかぬ……」

栄三郎と新兵衛が出て行こうとした時――昨日、七郎と喧嘩になりかけた、あの若い衆達が店に入って来た。

連中は、近くの楊弓《ようきゆう》屋や水茶屋などの小回りの用を務めていて、少しは売り出し中の地廻りなのである。

「さあ、おれをお豊の許へと連れて行け！　連れていかぬと、おのれ、只ではおかぬぞ！」

と、いきり立つ男がいると思いきや、あの気にくわぬ武士である。

「おう！　手前、また騒いでやがるのか」

兄貴格の男が七郎に凄んだ。

「お客人方の迷惑だ、とっとと失《う》せやがれ」

さらに一人が七郎の腕を取るのを、七郎は払いのけ、

「下郎、おれに手を触れるな」

と、肩口をどんとついた。よろけたはずみに、若い一人は兄貴格にぶつかった。

「この三一……。今日は許さねえぞ、表へ出ろ！」

兄貴格は数を頼みに、七郎を表へ放り出して、殴りつけた。

かわそうとしたが、酔態の足は言うことを聞かず、顔面に一撃を喰らい、七郎は無様に鼻血を流した。

奥から出て、駆け寄ろうとする栄三郎を新兵衛が止めた。

「まださせておけ。酒がどれほど、体を鈍《にぶ》らせるか、身をもって知るべしだ」

新兵衛の言う通り、稽古を怠《おこた》り、泥酔《でいすい》の体で闘ったことのない天才剣士の七郎は、後からかかる一人を投げとばしたが、踏ん張りが利かず、たちまち左右から蹴り立てられ、

「二度と来れねえように、たたんじまえ！」

と、殴られ、蹴られ、袋叩きにあった。

栄三郎、新兵衛は、あまりの哀《かな》しい有様に、無念の想いで表へ出ると、集まってきた野次馬の中に、又平と、その隣にいる一人の剣客を見た。

栄三郎、新兵衛は瞠目《どうもく》した。

「先生……」

広い肩幅、いかにも頑丈そうな引き締まった体の胸板は厚く、太い眉に、少し腫れぼったい目は武張ってはいるが、そこはかとなく優しさを湛《たた》えた口許が、親しみやすい面相を形成している。この五十がらみの侍こそ、二人の剣の師・岸裏伝兵衛であった。

伝兵衛は、いよいよ助け舟を出そうとしている、栄三郎と新兵衛を目で制し、

「おいおい、もうそのくらいでよかろう。許してやれ……」

と、七郎にかかる若い衆を諫《いさ》めた。

「どなたか知りやせんが、引っ込んでいておくんなせえ」

しかし、すっかり頭に血が上った若い衆は聞く耳を持たない。

「これ、年嵩《としかさ》の者の言うことは聞くものじゃ……。これ、やめろと申すに……」

伝兵衛は、つかつかと喧嘩の渦中《かちゅう》に近寄ると、まるで米袋を摑んで投げるように、若い衆をひょいと一人ずつ投げ捨てた。

「痛ェ……。やい、何しやがるんだい！」

兄貴格が食ってかかるのへ、

「お前達、相手が一人だと思ったら痛い目を見ることになるぞ」

伝兵衛はなおにこやかに諭した。

ふと見ると、栄三郎と仁王のような新兵衛がそこに立って睨《にら》んでいた。

「お、おい、これくれえでいいだろう……」

兄貴格は仲間をまとめて、そそくさとその場を立ち去っていった。それと共に野次馬達も、散り散りに通り過ぎて行った。

「先生……」

俄に現れた剣術の師の姿を見て、合わせる顔がないと、七郎はがっくりと項垂《うなだ》れた。

「馬鹿者めが……」

伝兵衛は、七郎の横面をはたくと、はらはらとして見ていたおひろに、

「女将、迷惑ついでに、部屋を貸してはもらえぬか」

と、穏やかに言った。

「お前を叱らねばならぬが、今は急を要するゆえ、まず話を聞け」

おひろは、店の二階にある自室へ、栄三郎達を通してくれた。

永井家用人・深尾又五郎と交わした文で、栄三郎が住むという手習い道場のことを知った伝兵衛は、栄三郎、新兵衛と入れ違いにここを訪ね、又平に連れられやって来た。

懐かしい愛弟子《まなでし》達との再会に、かける言葉は多々あるが、俄に江戸に戻った理由を話すことが急がれた。

「そのお豊という女は、攫われたに違いなかろう」

「お豊が……」

七郎の顔に血の色が戻った。

気楽流の道場は上州に多く開かれている。

五年前、俄に廻国修行に出かけた伝兵衛は、その間、何度も上州に滞在していた。

近頃は博奕打ち同士の喧嘩を仲裁《ちゅうさい》したことから、連中からの尊敬を受け〝俠気〟たるものは何かを、処の親分の家に落ち着いて日々説いていた。これは、深尾又五郎に届いた文で、栄三郎にも伝わっていたのだが、伝兵衛はここで、倉賀野の騒動について知ることになる。

そこに登場する、陣馬七郎なる剣客の名に伝兵衛は驚いて、この親分にあれこれと調べてもらった。

親分とは、勢多《せた》郡大前田《おおまえだ》村の田島要吉《たじまようきち》——名主を務めた家に生まれながら、博奕《かく》を好んだ父・久五郎《きゅうごろう》の跡を継いで一家を取り仕切るようになった、盲目《もうもく》の侠客《きょう》である。

まだ二十歳を過ぎたばかりだが、面倒見の良さと侠気で人に慕われ、その弟は、十三歳というのに利かぬ気で、伝兵衛に剣術の稽古をせがむ、一端の男伊達《だて》である。

この弟が、関東一の大親分、大前田英五郎《えいごろう》となるのは後の話だが、侠気に厚い大前田一家——白舟屋勘六を前々からよくは思っていない。

あの邪《よこしま》な勘六が約束通り、陣馬七郎にお豊をつけて、旅に出したとはどうも考えにくい。

蛇《じゃ》の道は蛇《へび》だ。探ってみると、勘六は七郎とお豊に寛大な態度をとりつつ、七郎が冨田源十郎を倒した直後から、源十郎の仲間であったという、凶悪な浪人・速水公蔵《はやみこうぞう》を呼び寄せ、密かによからぬ相談を始めていたという。

速水公蔵を取り込むことで、冨田源十郎を斬った恨みを被《こうむ》る危険を避けたといえるが、倉賀野を出た七郎とお豊を襲ったという浪人達の頭目は、この速水公蔵であった。

　勘六は、自分を裏切ったお豊も、寝盗った七郎も、心の底では許していなかった。それを逆手に取り、七郎に源十郎を斬らせ、後腐れがないように、今度は七郎を始末しようと、公蔵に不意討ちをかけさせたのだ。

　これが不首尾に終わり、旅の空に逃げこまれるや、勘六は用意周到に、江戸に乾分を送り、お豊の立ち廻り先を調べ上げ、遂《つい》に江戸に居ることを突き止め、公蔵達猟犬を放ったのである。

　凡《おおよそ》の事情がわかるや、岸裏伝兵衛は、急ぎ愛弟子の危機を救わんと江戸へ向かったのだ。

「七郎、お前もなかなか大したものだ。その首に百五十両の値がついているようだぞ」

「そうでしたか……」

　七郎は、己が甘さを恥じた。冨田源十郎の遺恨で狙われたと思ったものが、勘六の差し金であったとは……。

「どうせ、ごみのように成り果てた七郎だ。栄三郎、新兵衛、こ奴の首を持って勘六から百五十両せしめてやるか」

伝兵衛は愉快げに笑うと、一転厳しい表情となって、

「七郎！　行くぞ！」

と、野太い声で叱咤《しった》した。

行くぞ――どこへ行くのかわからぬが、これが伝兵衛の、弟子を奮い立たせる一言であった。どんな辛い稽古でも、この声を聞くと力が湧いたものだ。

「はい！」

思わず、反射的に七郎は背筋を伸ばしていた。横で、栄三郎と新兵衛も姿勢を正した。十数年鍛えこまれた師の一言は、魔法の呪文のように三人の体に刻み込まれていた。

「奴らはすでにお前のことも調べ上げていよう。すぐに宿へ戻るぞ」

栄三郎と新兵衛はにこやかに頷き合った。

人を教える身となった今、教えてくれる人の存在が、これほどありがたいものであるとは――。

師弟四人の姿を惚れ惚れとして又平が見ていた。

果たして――。又平を先に帰し、山谷町の木賃宿〝竹山〟に四人が行ってみると、七郎宛に文が届いていると、女中が引きつった顔で一通の書状を差し出し

た。

聞けば一人の浪人が、松山七兵衛なる武士にこれを渡すようにと、一刻ばかり前に届けに来たという。

「色々とすまなかったな。何事かと思ったであろうが、大したことはないのだ。今日でこの男は宿を引き上げるゆえ、心配はいらぬぞ」

むくつけき浪人が書状を預け、殴られて顔を腫らした七郎が、三人の剣客風の男に伴われて戻ってきたのだ。さぞ恐がっているだろうと、栄三郎は女中に明るく労《ねぎら》いの言葉をかけると、心付けを握らせた。

荷物といっても何ほどの物もなかった。笠《かさ》と小さな風呂敷包みを、栄三郎と新兵衛は素早く部屋から運び出すと、七郎を促しすぐに宿を四人で後にした。

「栄三郎、相変わらず段取りがよいな」

伝兵衛は、市井《しせい》に馴染みさらに世慣れた栄三郎に満足した。

新兵衛は、堀端に料理屋の軒提灯の明かりを見つけ、七郎に文を読むよう促した。

酒の酔いと、殴られた痛みが残るのか、七郎は少し震える手で、文を広げ一読した。

「何と書いてある」

せっかちに問う新兵衛に、

「果たし状だ……」

七郎は静かに応えた。

「やはりそうか……」

伝兵衛は唸った。

文の内容は、先般、貴公が手によって討ち果たされし亡友・冨田源十郎の無念を晴らすべく、真剣での立ち合いを望むというものであった。

「明後日、夕刻七ツに浅茅《あさじ》ケ原《はら》にて……」

ただ一人で来るように、お豊と共に待つ——そう書き添えてあった。

「やはりお豊は奴らの手に……」

歯噛みする七郎に、

「果たし合いはあくまで名目に過ぎぬ。江戸の町中で斬り合うこともできぬゆえの方便に他ならぬ。相手には助太刀《すけだち》が何人も居て、お前を切り刻むつもりなのであろう」

「先生！」

七郎はその場で伝兵衛に平伏した。

「刻限まで、何卒《なにとぞ》、この七郎に御指南下さりませ……」

「町の者にさえ不覚をとった、お前の体を狂わす酒が二日で抜けるか」

「抜いてみせまする……」

「二つ誓え……。この後、剣を捨ててもよいというような、たわけた考えを二度と持つな。もうひとつ。事が済めば、お豊という女の言う事に従え」

七郎は奥歯を嚙みしめた。

「よいか七郎、傍に寄り添うばかりが恋ではないぞ。離れていたとて、想い合う心があれば、いつか縁も結ばれよう」

「畏まってござりまする……」

七郎は感じ入り、涙ながらに頭を下げた。

「よしよし、まず立て、これからお前の一竿子忠綱を請け出しに行くぞ。こんなこともあろうと、博奕打ちどもから二十両ばかし草鞋《わらじ》代をせしめてきた」

伝兵衛は、慈愛に充《み》ちた目で七郎を見た。

お豊のことは心配ではあるが、勘六とて水茶屋から買い取った高価な品を、簡単に殺させはしないであろう。

四人は並び立ち、やがて歩き出した。

栄三郎は懐かしさに涙が出そうになった。

伝兵衛について、新兵衛、七郎と共に他道場に稽古に出向く時、剣士達は一様に憧憬の目を向けてきたものだ。

自分までが強くなった気がして、誇らしいような、恥ずかしいような一時を過ごしたあの日の思い出が蘇る。

「七郎、相手の助っ人など何ほどのものでもないぞ、新兵衛と共に、先生が露払いをして下さろう」

「栄三郎、お前も働け……」

「はい……」

昔変わらぬ、伝兵衛と栄三郎のやり取りに、七郎の顔に笑みが戻った。

六

「明後日とは、悠長なことだな……」

「そう急《せ》くことはあるまい。こちらも久し振りの江戸だ。明日一日くらいは旅の垢を落とし、英気を養おうではないか」

「お頭の言う通りだ。これはあくまでも果たし合いだ。今日の明日のというわけにもいくまい」

「だが、奴を見張っていなくてよかったのか。もしや、陣馬七郎はこのまま逃げ出すやもしれぬではないか」

「いや、奴は必ず来る。さもなくば、お豊とは終生会えぬのだ」

頭と呼ばれる浪人はそう言い切った。

この男こそ、速水公蔵――から風に吹かれ、上州倉賀野から江戸へ向かっていた五人の浪人の頭目である。

白舟屋勘六に雇われた公蔵は、手下四人を引き連れ江戸に入ると、真崎の寮を出たお豊をまんまと攫い、勘六が隠れ家にと借りている橋場の寮へ入ったのである。

陣馬七郎が逗留《とうりゅう》しているという木賃宿には果たし状を届けた。後は果たし合いと称して、七郎を騙し討ちにするだけである。

哀れお豊は一間の内に監禁された――。

五人は、女が自害せぬように見張りつつ、広間で酒盛りを始めている。

「たとえ陣馬七郎が逃げ出したとて、追うのも面倒だ。放っておけばよい。あれだけの剣客が、惚れた女を捨てて逃げ出したとしたら、もう死んだも同じよ」

公蔵は、不敵に笑った。

「お豊を引き渡しさえすれば勘六への義理は立つ。もし百両を渋るようなら、冨田源十郎の仇だと言って、我ら五人で血の雨を降らせてやろうではないか」

二百両、三百両、ふっかけてやろうと思っている公蔵であった。

荒木《あらき》流を修めた体軀《たいく》は、寸分の無駄もないくらい鍛え抜かれていて、今まで真剣で渡り合うこと十数度。一度も後れをとったことのない公蔵に向かうところ敵は無かった。

浪人達は、お豊の監視は怠らず、交代で翌日は吉原に遊び、一日の英気を養い、浅茅ケ原に臨んだのである。


果たしてその当日——。

江戸は昼を過ぎて、また雪がちらつきだした。

公蔵の手下の一人、古屋《ふるや》某が妙亀堂《みょうきどう》に佇んでいた。妙亀堂は、浅草橋場浅茅ケ原に建てられた草堂で、梅若《うめわか》丸の母 妙亀尼《みょうきに》を祀《まつ》っているという。

夕の七ツとなり、古屋の前に編笠を被った陣馬七郎が現れた。筒袖に裁着袴《たっつけばかま》、今日は腰に大小を差したその表情は晴れ晴れとしていた。

「陣馬七郎、見参……」

「御案内 仕《つかまつ》ろう」

古屋は見晴らしの良い草堂から辺りを見廻し、相手が一人であることを確かめると、七郎を伴い、浅茅ケ原へと向かった。

背の高い草に囲まれた野原に、刀の下げ緒で襷《たすき》掛けをした速水公蔵が立っていた。

さらにその傍には、お豊が居た。

「七郎さん……」

万感の想いで七郎を見るお豊に、

「何も言うな。お前の想いは痛いほどわかっていたが、それを受け止める術《すべ》もなく、未練を募らせ酒に溺《おぼ》れた。だが今は違う……」

七郎は静かにお豊に告げた。

お豊は目を見はった。江戸へ入ってから、〝しのだ〟で飲んだくれる七郎を、そっと物蔭から窺った時とは違う――初めて会ったあの日の七郎の目の輝きが戻っていた。

「これにて一旦、女は返そう」

公蔵は、お豊を七郎の方へと向かわせた。

「手荒な真似《まね》はしとうなかったが、こうでもせねば、おぬしにまた逃げられると思うてな」

不敵に笑って見せたが、勘六の手の者から、酔いどれていると聞いていた七郎が存外、しっかりした足取りであることに当惑していた。

——それも最期のあがきよ。

傍の草叢《くさむら》には、手下三人が隠れ潜んでいる。

今、案内役を終えて下がった古屋も、合図と共に踵《きびす》を返し、お豊を捕えることになっている。

七郎に助っ人がいたとしても、高い草に隠れて、どこに七郎が居るかわかるまい。駆けつけた時には、七郎は斬られているはずだ。

——せめて女の前で恰好をつけていろ。

公蔵は、いざ始めんと、大きく七郎に頷いた。七郎は袴の股立《ももだち》を取ると、笠の緒に手をかけ、

「お豊、一言だけ言っておく。今日のこの果たし合いも、何もかもが、おれにとって良い修行となった。礼を言うぞ……」

と、お豊に告げるや、編笠を空高く投げ上げた。

「いざ！」

高く舞い上がった笠は、松並木の蔭から七郎の姿を捜す、栄三郎、新兵衛、そして伝兵衛にはっきりと見えた。

「あれに居るぞ！」

三人は自らも笠を空へと投げ、駆け出した。

いざという時は、笠を高く投げ味方に己が居場所を報せる――岸裏伝兵衛が常々教え、野に出て高さを競った。岸裏道場、得意の一芸であった。

「おのれ……」

思わぬ動きを見せた七郎に、公蔵は抜き打ちをかけたが、七郎は初手からお豊を促し、空を舞う三つの笠の方へと走り出した。

これを、草叢から姿を現した公蔵の三人の伏兵と、振り返り様駆け出した古屋某が追う。

七郎は駆けた――酒毒に冒《おか》された体は、二日くらいで元通りにはならないが、若き頃、体に覚えこませた武芸の勝負勘は、自ずと正しい方に四肢《しし》を動かせてくれた。

「おのれ、伏兵とは卑怯《ひきよう》なり！」

たちまち、伝兵衛と、その両脇を固める栄三郎と新兵衛が、七郎と遭遇《そうぐう》した。

四人は一斉に抜刀して、公蔵一党と対峙《たいじ》した。

「よし、七郎、心おきなく果たし合いと参れ！」

新兵衛が声をあげた。

「お豊殿は、おれに任せろ！」

栄三郎がお豊を庇《かば》った。

「済まぬ！　ええい、速水公蔵、あの日の決着を今つけてやる！」

七郎は、公蔵に向かっていった。

「おのれ、小癪《こしやく》な！」

たちまち四人と五人の決闘が始まった。

七郎と公蔵は互いに青眼《せいがん》に構え間合を詰めて、先《せん》を取り合う。

「阿修羅《あしゆら》の如く立ち合うのじゃ……」

この二日間、剣の師・岸裏伝兵衛は、〝手習い道場〟に籠って、栄三郎、新兵衛に手伝わせ、七郎にみっちりと稽古をつけてくれた。

お豊と別れてから半年ばかり——失意の中、酒浸りとなった七郎の体は二日で元に戻るまい。

伝兵衛は荒療治を加えた。七郎に下帯一つで、真剣による型の稽古をさせたのである。

伝兵衛が編み出した型の打太刀を七郎が務め、仕太刀となった伝兵衛、栄三郎、新兵衛が三方から次々と体すれすれに真剣で技を打ちこむのである。

下帯一つとなれば、体の動きがはっきりとわかる。無駄な動きをすれば、仕太刀の抜身に体が触れる。技を仕掛ける打太刀に対して、仕太刀はこれを受け技を返す——負ける側の打太刀には三人の剣客の白刃が迫り来るのだ。

思うままに動けぬ七郎の肌に、たちまち幾筋の刀傷が出来た。だが、これによって彼の体に眠っていた〝五感〟が、防御する本能によって蘇った。

真剣勝負の勘を取り戻した七郎は、今、久しく手に戻った一竿子忠綱を悠然と構える。

その向こうで、遮二無二《しゃにむに》斬りかかる公蔵の手下をまず一人、伝兵衛が鮮やかな太刀捌《さば》きで斬り捨てた。肩先から飛び散る血しぶきが、降り出した雪を赤く染めた。その手練に怯《ひる》む間もなく、さらに一人も伝兵衛の二の太刀に真っ向から斬り下げられている。

その時には、師の左方に居た新兵衛も、難なく敵を袈裟《けさ》に切り捨て、猛然とお豊奪回に向かった古屋某は退《ひ》くに退けず、栄三郎に斬りかかるが、右に体を開きつつ、栄三郎は下からすくうように手首を返して古屋の小手を斬り、その手許が崩れるや、

「えいッ！」

と、背中から一刀をくれた。

「よしッ！」

愛弟子の出来に、伝兵衛は喜び、その無事に安堵《あんど》した。かくして、公蔵の仲間四人は、ばたばたと荒野に倒れた。公蔵の顔に焦りの色が出たのは言うまでもない。

「心配するな。我らはお前のような汚い真似はせぬ。果たし合いを続けるがよい」

伝兵衛が叫んだ。

「おれは負けぬぞ！」

こうなれば自棄《やけ》だと、公蔵は七郎の構えを崩さんと、ぐっと右足を前に出し上段に振りかぶった。七郎は右足を引き相上段に構えた。

速水には争闘に慣れた度胸がある。凄《すさ》まじい形相で七郎を睨みつける気迫は、蛙《かえる》を身動き出来ぬようにする蛇の如く恐ろしいものだ。

しかし、本調子ではなけれど、荒みきった心が晴れた七郎は、あの日岸裏道場で、松田新兵衛と〝竜虎〟と謳《うた》われた剣士の姿に戻っている。速水公蔵ごとき不《ふ》逞《てい》浪人の気迫に負けるはずはなかった。

「七郎、行くぞ！」

七郎の気合の充実を見てとった伝兵衛は、件《くだん》の呪文を唱えた。

「うむッ！」

その刹那《せつな》――七郎は上段に振りかぶった名刀一竿子忠綱を、振り降ろし様に、まっ直ぐ公蔵に投げつけた。

まさかの七郎の一撃は、公蔵の意表を突いた。上段に振りかぶることで無防備となった胴に飛びくる大刀を、身をよじるようにかわしつつ、刀で叩き落とした公蔵であったが、それによって、間合を崩した七郎が、捨て身で繰り出す小太刀の技に、胴を割られた――。

「まさか……」

その一言を残し、速水公蔵は崩れ落ちたまま、動かぬようになった。

すべてが終わった――。にこやかに頷き合う四人の師弟。その中にあって、陣馬七郎の面構えにもはや翳《かげ》りは消えていた。

愛しい男の颯爽《さっそう》たる姿を、お豊は安堵でその場に座り込みつつ、惚れ惚れとしばし見つめた。

その面影を、一生胸に刻みこまんと――。

沈み行く陽の下で、荒れ野に舞い散る雪の白さが、何とも切なく美しかった。

七

それから十日近くが過ぎ、世間はいよいよ新年を迎えようとしていた。

居酒屋〝そめじ〟は、大晦日《みそか》の夜とて変わりなく店を開けている。

とはいえ、正月に備えて、松飾りを施し、土間に並べた一間幅の床几《しょうぎ》には、緋《ひ》毛氈《もうせん》を掛け、お染自身は小袖の下の間着《あいぎ》に更紗《さらさ》など着込んで、店はいつになく浮かれている。

小上がりでは栄三郎が、いつも以上にはしゃぎながら飲んでいた。

共に酒を酌み交わしている相手が、久し振りに再会した、剣の師・岸裏伝兵衛に、親友・松田新兵衛なのであるから、はしゃぐのも無理はない。

果たし合いによって、この師弟が五人の浪人を倒した一件は、栄三郎の手回しで、世間にはそっと伏せられた。

栄三郎と新兵衛は面倒なことと、これをすべて、陣馬七郎と、その師・岸裏伝兵衛の助太刀によるものと奉行所には伝えたから、伝兵衛は、なかなかに鼻が高く上機嫌である。

「おれもそろそろ、五十になる。江戸で剣名を挙げておかねばのう」

晴れがましいことは嫌いだと言いつつ、己が評判が気になって仕方のないところが、この師の愛すべき性格である。

師を囲んで談笑する栄三郎と新兵衛には近寄り難く、今、お染と又平は、板場の前の床几に並んで腰掛け、日頃反目し合う者同士、呉越同舟《ごえつどうしゅう》で話している。

「で、その陣馬七郎って先生はどうしたんだい」

「決闘の後、もう一度己を鍛《きた》え直してくると旅に出た」

「お豊って女と別れてかい」

「ああ、お豊さんにしてみりゃあ、立派な剣客を一度はどうしようもねえほど落ちぶれさせちまったんだ。いくら追手を片付けたからって、身を引くしかねえってことだろう」

「まあ、わかるような気もするけど、悪いのは勘六って野郎じゃないか。こいつを何とかしないと、夢見が悪いよ」

「まあ、それも栄三の旦那の話じゃ、その白舟屋勘六も早晩、八州様の手でお縄になるだろうってよ」

勘六の命で、橋場の寮を根城に、お豊誘拐の手引きをした乾分は、あの決闘の後、隠れ家に現れたところを栄三郎と新兵衛によって捕えられ、つき出された番屋で、勘六の悪事をあれこれと白状したそうだ。

勘六の仕返しが気にかかる七郎の気持ちを察して、栄三郎は伝兵衛を伴い、旗本・永井勘解由の屋敷に用人・深尾又五郎を訪ね、お豊をしばらくの間、深尾の下で下働きの下女として預かってもらうように頼んだ。

誠実な深尾のこと――かつて永井家に剣術指南に出向いていた伝兵衛との久し振りの再会を大いに喜び、二つ返事で引き受けたのであった。

「そうかい、そいつはよかったね。これで七郎って先生も気兼ねなく剣術に打ちこめるってもんだ」

「晴れて自由の身になりゃあ、いつの日か、結ばれることだってあらあな」

お染と又平は、七郎とお豊の行末が幸せであるように互いに祈りつつ、ふっと笑った。

しかし、知りたいことを聞いてしまうと、お染は、又平と二人で話しているとに気持ちが悪いものを覚えたか、

「だけど又公、様《ざま》ァないねえ。大好きな旦那は、お師匠さまと友達と話しこんじまって、一人蚊帳《かや》の外とはお気の毒だ」

と、憎まれ口を叩いて、鼻で笑った。

「何言ってやがんでえ、大先生との積もる話もあるだろうと、遠慮するのも身内の務めってもんだよ。お前こそ、大先生からお流れの一つも頂戴できねえで、こいつは春から御愁傷さまだなあ」

「何だって……。遠慮するなら道場に引っ込んでやがれ。のこのこ店について来やがって、この金魚の糞《ふん》が」

「手前、客を糞だと吐《ぬ》かしやがったな……」

この二人の喧嘩は年を越えて続くようだ。

小上がりでは師弟の会話がはずんでいる。

「栄三郎、お前のあの〝手習い道場〟大いに気にいったぞ。今はお前一人が道場の主とは大したものじゃな」

「先生、おからかいにならないで下さい……」

伝兵衛にからかわれて頭を掻《か》く栄三郎の様子が懐かしくて、伝兵衛と新兵衛は大いに笑った。

「先生、江戸にはいつまで……」

「そろそろお戻りになられてはいかがかと……」

栄三郎と新兵衛は、甘える口調を楽しむように師に問うた。

「う〜む……」

二人の弟子に気遣われ、伝兵衛が苦笑いを浮かべた。

その時――西本願《ほんがん》寺から聞こえてくるのであろうか。〝ゴーンッ〟という鐘の音が響いた。

「おう、除夜の鐘か……。またひとつ歳を取らねばならぬとは癪にさわるが、まあ、めでたいことじゃ。栄三郎、お前は上手に歳をとっていくのう。久方ぶりに会って、感心したぞ……」

伝兵衛はしみじみと栄三郎に頷いて見せた。

やはり、師に誉められるのは幾つになっても嬉しいものだ。栄三郎は子供のようにはしゃぎたくなり、

「おう、又平もお染もこっちへ来ねえか。いい年越しにしようじゃねえか」

と、床几で口喧嘩を始めた二人に声をかけると、伝兵衛に酒を注いだ。

栄三郎に呼ばれて、我先にと、満面に笑みを浮かべたお染と又平が小上がりに来た時、またひとつ、除夜の鐘が〝ゴーン〟となった――。

本書は二〇一一年四月、小社より文庫判で刊行されたものの新装版です。

一〇〇字書評

若の恋

切り取り線

購買動機（新聞、雑誌名を記入するか、あるいは○をつけてください）	
□（　　　　　　　　　　　　　　）の広告を見て	
□（　　　　　　　　　　　　　　）の書評を見て	
□ 知人のすすめで	□ タイトルに惹かれて
□ カバーが良かったから	□ 内容が面白そうだから
□ 好きな作家だから	□ 好きな分野の本だから

・最近、最も感銘を受けた作品名をお書き下さい

・あなたのお好きな作家名をお書き下さい

・その他、ご要望がありましたらお書き下さい

住所	〒				
氏名		職業		年齢	
Eメール	※携帯には配信できません	新刊情報等のメール配信を 希望する・しない			

この本の感想を、編集部までお寄せいただけたらありがたく存じます。今後の企画の参考にさせていただきます。Eメールでも結構です。

いただいた「一〇〇字書評」は、新聞・雑誌等に紹介させていただくことがあります。その場合はお礼として特製図書カードを差し上げます。

前ページの原稿用紙に書評をお書きの上、切り取り、左記までお送り下さい。宛先の住所は不要です。

なお、ご記入いただいたお名前、ご住所等は、書評紹介の事前了解、謝礼のお届けのためだけに利用し、そのほかの目的のために利用することはありません。

〒一〇一-八七〇一
祥伝社文庫編集長　清水寿明
電話　〇三（三二六五）二〇八〇

祥伝社ホームページの「ブックレビュー」からも、書き込めます。
www.shodensha.co.jp/
bookreview

祥伝社文庫

若《わか》の恋《こい》　取次屋栄三《とりつぎやえいざ》〈新装版《しんそうばん》〉

令和 6 年 1 月 20 日　初版第 1 刷発行

著　者　岡本《おかもと》さとる

発行者　辻　浩明

発行所　祥伝社《しょうでんしゃ》
東京都千代田区神田神保町 3-3
〒 101-8701
電話　03（3265）2081（販売部）
電話　03（3265）2080（編集部）
電話　03（3265）3622（業務部）
www.shodensha.co.jp
印刷所　錦明印刷
製本所　ナショナル製本
カバーフォーマットデザイン　中原達治

Printed in Japan ©2024, Satoru Okamoto　ISBN978-4-396-35031-4 C0193